D1356304

VOOR EEUWIG DE JOUWE

# VOOR EEUWIG DE JOUWE

## GREET BEUKENKAMP

Clavis

Greet Beukenkamp
Voor eeuwig de jouwe
© 2014 Clavis Uitgeverij, Hasselt – Amsterdam – New York
Omslagontwerp: Studio Clavis
Trefw.: liefde, rouw, afscheid, drugs
NUR 284
ISBN 978 90 448 2174 1
D/2014/4124/034

www.clavisbooks.com

Zonder iets te zien staart Chantal naar het scherm van haar computer. Ze kent de tekst van het mailtje zo langzamerhand uit haar hoofd.

*Mijn allerliefste schat,*

*Als je deze mail ontvangt, schrik dan niet. Ik heb op allerlei manieren geprobeerd contact met je te krijgen, maar tot nu toe is me dat niet gelukt. Toen ik hoorde dat er hier ooit iemand was geweest die een reactie had gehad op een mailtje, kreeg ik meteen weer hoop. Met mijn iPhone hoef ik het niet te proberen, want de accu is leeg, maar ik heb ergens een oude computer zien staan. Het ding is behoorlijk gedateerd, maar ik probeer het toch maar.*

*Dus als je dit bericht ontvangt, antwoord dan alsjeblieft. Een paar woorden zouden me al heel gelukkig maken. Het is in elk geval beter dan niets. Het liefst zou ik je natuurlijk in mijn armen sluiten om je te troosten en het verdriet van je ogen te kussen, maar dat is een stuk ingewikkelder. Dat moet ik nog uitzoeken.*

*Ik mis je.*

*Duizend kussen,*
*Dylan*

Bij het zien van zijn naam springen de tranen weer in haar ogen.

Vanmorgen had ze de eerste twee uur vrij gehad en ze had zich voorgenomen om alvast aan haar opdracht voor Nederlands te beginnen, maar ze had eerst haar mail gecheckt en toen kwam dat bericht binnen.

Geschokt had ze gezien dat het van Dylan afkomstig was. Met een onwerkelijk gevoel had ze het geopend. Toen ze de aanhef zag, had ze even gedacht dat het een mailtje was dat ooit in cyberspace was blijven hangen en dat nu pas in haar mailbox terecht was gekomen, maar de inhoud ervan was zo bizar. Ze had de tekst een paar keer moeten overlezen voordat ze begreep wat er stond. Het was een ogenblik door haar heen gegaan dat het misschien echt van Dylan afkomstig was. Tegelijk besefte ze dat die gedachte onzinnig was. Maar wie had haar dit bericht dan gestuurd? Wie verzon zoiets?

Misschien wilde iemand gewoon een grap met haar uithalen. Alleen was het dan wel een heel misplaatste. En wat als het geen grap was? De gedachte had haar benauwd. Wie haatte haar zo dat hij haar dit soort mailtjes stuurde? Of was het een zij?

Ze leest de tekst voor de zoveelste keer over en huivert. Wie is er tot zoiets afschuwelijks in staat? Zou het iemand van school zijn? Een meisje dat al die tijd jaloers op haar is geweest en die haar nu tot in het diepst van haar ziel wil kwetsen? Maar hoe kan het dan dat Dylans e-mailadres erboven staat?

Ineens moet ze aan Dylans zusje denken. Daphne hoefde maar naar Dylans kamer te gaan en zijn computer aan te zetten …

Vanaf het moment dat ze verkering kreeg met Dylan, had Daphne vervelend tegen haar gedaan. Ze zaten alle drie op dezelfde school en hoewel Daphne pas in de brugklas zat, kwamen ze elkaar in de pauzes toch regelmatig tegen. Vooral als ze samen met Dylan was, voelde Chantal haar vijandigheid. Ook de keren dat ze haar bij Dylan thuis had ontmoet, deed ze vreemd. Dylans zusje negeerde haar meestal gewoon en als ze al iets zei, was het iets onaardigs.

Toen ze Dylan een keer vroeg waarom Daphne zo raar deed, had hij zijn schouders opgehaald. 'Trek je maar niets van Daphne aan,' zei hij. 'Ze moet er maar aan wennen dat mijn vriendin nu op de eerste plaats komt.'

Zijn woorden hadden haar met trots vervuld. 'Mijn vriendin' had hij gezegd. Dylan was een van de populairste jongens van de school en hij kon elk meisje krijgen, maar hij had haar boven alle anderen verkozen.

Chantal herinnert zich het moment nog precies. Ze stond met Roos bij het podium. De band speelde een bekend nummer en ze kon het niet laten om met Dylan mee te zingen.

Opeens stak hij zijn hand naar haar uit. Toen ze die aarzelend aannam, trok hij haar het podium op en kreeg ze een microfoon in haar handen gedrukt. Geschrokken had ze hem aangekeken. Terwijl Dylan verder zong, knikte hij haar bemoedigend toe. Ze kon niet veel anders doen dan meezingen. Toen het nummer uit was, begon de hele zaal te klappen en te juichen.

Vanaf dat moment was haar leven in een stroomversnelling gekomen. Dylan had haar gevraagd om bij de band te komen zingen en na een optreden had hij haar opeens gekust. Het had haar gelukkig gemaakt, maar tegelijk had het haar ook verward. Wat zag hij in haar?

Toen ze het eindelijk een keer durfde te vragen, had hij lachend geantwoord dat hij verliefd was geworden op haar stem en daarna ook op haar.

Algauw wist de hele school dat ze een stel waren. Haar leven veranderde ingrijpend. Van een verlegen, wat teruggetrokken meisje was ze opeens Dylans vriendin geworden en mocht ze ook nog eens in zijn band zingen.

Was Daphne soms jaloers? Ondanks haar houding had Chantal

altijd haar best gedaan om aardig tegen haar te zijn. Behalve die ene keer. Het was tot een uitbarsting gekomen toen ze op het punt stond met Dylan naar het strand te gaan en Daphne aan Dylan vroeg of ze mee mocht.

'Moet dat?' had Chantal eruit geflapt.

Daphne had nogal hysterisch gereageerd. Ze had gehuild en gestampvoet en ze had haar woedend verweten dat ze Dylan had ingepikt en daarna tegen haar had opgezet.

Dat laatste was helemaal niet waar, maar dat eerste wel een beetje. Sinds ze met elkaar gingen, waren ze onafscheidelijk. Elk vrij moment waren ze samen. Als ze niet oefenden met de band, gingen ze naar het strand of zwierven ze door de stad. En als het regende, gingen ze naar de film. Dylan had geen tijd meer voor zijn zusje.

Chantal had pas echt gevoeld hoe Daphne haar haatte op de dag na de begrafenis. Ze waren elkaar bij de fietsenstalling tegen het lijf gelopen. Even hadden ze zwijgend tegenover elkaar gestaan, toen liep Daphne door. In het voorbijgaan had ze haar toegesist: 'Als jij er niet was geweest, dan had Dylan nu nog geleefd.'

Te verbijsterd om iets terug te zeggen had Chantal haar nagekeken. Hoe had Daphne dat kunnen zeggen? Dylan wilde die avond zelf naar de disco. Ze had nog gezegd dat hij beter thuis kon blijven als hij zich niet lekker voelde, maar hij was kwaad geworden. De laatste tijd gebeurde dat wel vaker en daarom had ze haar mond maar gehouden.

Ze was altijd heel gelukkig met Dylan geweest, maar ongemerkt was daar verandering in gekomen en dat lag niet aan haar. Dylan veranderde. Hij werd somber en gesloten. Het was of hij nergens meer zin in had. Ook de bandleden hadden gemerkt dat er iets was. Dylan kwam soms te laat op de oefenmiddagen. Dan speelde hij vlak en ongeïnspireerd. Een paar keer was er zelfs ruzie over ontstaan.

In het begin dacht Chantal dat het door haar kwam, dat Dylan genoeg van haar had. Maar toen ze het hem op een dag onomwonden vroeg, schrok hij zichtbaar. Hij bezwoer haar dat het niet aan haar lag, maar dat het door de spanningen thuis kwam. 'Ik heb de laatste tijd nogal bonje met mijn vader,' had hij gezegd. 'Elke dag zeurt hij aan mijn kop. Hij wil dat ik me op de universiteit inschrijf en dat ik rechten ga studeren net als hij, maar dat zie ik helemaal niet zitten. Ik wil de muziek in. Maar als ik dat doe, zegt mijn pa, dan trekt hij zijn handen van me af. Dan krijg ik geen cent meer van hem en dan zoek ik het maar uit. De sfeer in huis is om te snijden.'

Was het daarom dat Dylan haar niet meer mee naar huis nam? Chantal wilde het heel graag geloven, maar ze voelde dat er meer aan de hand was. Daarom had ze geprobeerd hem op alle mogelijke manieren op te monteren, maar de sombere buien bleven en erover praten wilde hij niet. Als het even kon, wilde hij 's avonds uit. Lekker stappen. Biertje drinken, kletsen. 'Om even van het gezeik van mijn pa af te zijn,' zoals hij zei.

Eigenlijk vond Chantal het gehang in cafés niet echt leuk en ook de vrienden die Dylan daar ontmoette, stonden haar niet aan, maar ze zag dat hij er zijn levenslust weer wat door terugkreeg. Hij lachte weer en voerde het hoogste woord. Daarom ging ze maar met hem mee. Ze was bang dat ze hem anders kwijt zou raken. Bovendien had ze het sterke gevoel dat ze hem ergens voor moest behoeden, alleen wist ze toen nog niet waarvoor …

Op die fatale avond zou ze met Dylan en een paar vrienden naar Club Taenarum gaan. Ze had er eigenlijk helemaal geen zin in, want Dylan was de hele dag al humeurig en vreselijk ongedurig. Hij zei dat het kwam omdat hij zich een beetje grieperig voelde. Maar eenmaal in de disco was daar niets meer van te merken. Hij danste uitgelaten en was onvermoeibaar. Als ze tussendoor even wat gingen drinken, kletste hij honderduit. Alleen toen ze naar huis moest, had hij weer wat geprikkeld gereageerd.

'Je kunt toch nog wel een halfuurtje blijven?'

'Nee, ik heb beloofd om een uur thuis te zijn,' had ze geantwoord.

Dylan keek geërgerd. 'Nog even Tycho en wat andere mensen gedag zeggen,' had hij gezegd. Meteen had hij zich omgedraaid en was naar de bar toe gelopen. Daar wenkte hij Tycho, die net bier stond te tappen.

Chantal mocht de barkeeper niet. Hij kon soms zo stiekem naar haar gluren en dan vooral naar haar borsten. Maar ze had er nooit wat van durven zeggen.

Even later zag ze hoe Tycho zich over de bar heen naar Dylan boog. Dylan leek iets besteld te hebben, want Tycho trok een flesje fris open en pakte een glas dat hij eroverheen zette. Hij schoof de bestelling naar Dylan toe.

Ze had zich geërgerd. Dylan zou alleen zijn vrienden even gedag zeggen en haar daarna naar huis brengen. Waarom moest hij dan eerst weer wat gaan drinken?

Dylan betaalde en terwijl Tycho het wisselgeld in zijn handen drukte, viel het Chantal op dat hij daarbij een beetje schichtig om zich heen keek.

Er schoof een groep hossende jongeren tussen haar en de bar. Toen ze voorbij waren, was Tycho alweer met iets anders bezig en zag ze Dylan in het gedrang verdwijnen.

Wat ontstemd had Chantal hem nagekeken. Als hij in die drukte zijn vrienden wilde vinden, dan kon het nog wel even duren. En alleen om ze gedag te zeggen ... Dat deed hij anders nooit.

Daarom was ze maar alvast in de richting van de uitgang gelopen. Vanaf een rustig plekje had ze een poosje naar het gewoel op de dansvloer gekeken. Een rookmachine legde een deken van mist over de deinende menigte en daardoorheen flitsten de lichten van een lasershow.

Ze was ongeduldig geworden en had op haar horloge gekeken. Bijna vijf voor een. Waar bleef Dylan nou? Haar vader ging niet slapen voordat ze thuis was. Dylan werd veel vrijer gelaten, maar hij was dan ook al zeventien.

Net had ze besloten om haar vader te bellen dat het wat later werd, toen er opeens een hoge gil had geklonken. Geschrokken had ze in de richting ervan gekeken. Bij het podium was iets aan de hand. Opnieuw werd er gegild. Mensen deinsden achteruit.

'Waarschuw de beveiliging!' schreeuwde iemand.

'Hij gaat al out!' riep een ander.

Op dat moment wist ze gewoon dat er iets met Dylan was. In blinde paniek had ze zich door de menigte heen geworsteld. Plotseling zag ze hem. Hij lag op de grond, zijn gezicht in een plas braaksel. Zijn lichaam schokte. Ze had zich naast hem op haar knieën laten vallen en zijn naam geroepen, maar hij leek haar niet te horen. Opeens hield het schokken op en alle kleur trok weg uit zijn gezicht.

'Bel 112,' werd ergens geroepen.

Ze was in tranen uitgebarsten. 'Dylan, wat is er?' had ze geroepen. Wanhopig had ze aan hem geschud, maar hij reageerde nergens op. Ten slotte had ze haar armen om hem heen geslagen en hem zachtjes heen en weer gewiegd.

Opeens hadden er twee ambulancebroeders naast haar gestaan die haar met zachte hand bij Dylan wegtrokken.

Wat er daarna allemaal was gebeurd, was als een roes aan haar voorbijgegaan. Verstard had ze toegekeken hoe de twee mannen met hem bezig waren. Het volgende moment werd Dylan op een brancard naar buiten gereden. Iedereen dromde erachteraan. Toen ze eindelijk bij de ambulance aankwam, lag Dylan er al in. De deuren werden dichtgeslagen en de chauffeur startte de motor.

'Wacht!' had ze nog geroepen, maar de ambulance reed met loeiende sirene weg.

Een man die ze niet kende, had haar in zijn auto gezet en was met haar achter de ambulance aan gereden.

Later in het ziekenhuis kwam iemand met een witte jas haar vertellen dat Dylan was overleden. Op dat moment was haar leven tot stilstand gekomen. Niets deed er nog toe. Behalve de afschuwelijke beelden die zich telkens opnieuw als een soort horrorfilm op haar netvlies afspeelden, was haar hoofd leeg.

Wekenlang had ze als een zombie rondgelopen. Het leven ging aan haar voorbij alsof alles om haar heen in een dichte mist was gehuld. Het had lang geduurd voordat ze het een beetje had verwerkt. Ze begon net alle narigheid wat achter zich te laten en nu dit weer …

Haastig klikt ze het mailtje weg. Om haar gedachten op iets anders te richten opent ze een berichtje van een vage Facebookvriendin. Ze vraagt hoe het nu met haar gaat, maar Chantal heeft geen zin om te antwoorden. Er zijn nog een paar andere onbelangrijke mailtjes binnengekomen. Ze klikt ze allemaal ongelezen naar de prullenbak.

Even overweegt ze om op Skype te kijken of er nog bekenden online zijn, maar haar hoofd staat er niet naar. Ze heeft geen zin in het oppervlakkige gebabbel en al helemaal niet om te doen of alles oké is. Anderen hebben niets met haar problemen te maken.

Toen het net gebeurd was, wilde iedereen haar troosten. Haar klasgenoten, de leraren, zelfs de conciërge kwam haar in de pauze een kopje thee brengen. Ook de leden van de band deden hun best om haar bij te staan, maar ze wilde geen medelijden. Thomas, de toetsenist, was nog het meest volhardend. Maar ten slotte liet ook hij haar met rust.

Thuis begonnen haar ouders soms over Dylan, maar ze wilde er niet over praten. En nog steeds niet. Ze wilde hem met niemand delen; zelfs niet nu hij er niet meer was. Alleen met Roos praat ze soms nog over hem. Ze is een van de weinige vriendinnen die ze nog overheeft. Toen ze zo opeens in de schijnwerpers kwam te staan, wilden alle meisjes vriendin met haar zijn, maar na Dylans dood hadden ze bijna allemaal afgehaakt. Alleen Roos was haar trouw gebleven.

Opeens hoort ze dat er een mailtje binnenkomt. Tot haar opluchting ziet ze dat het van Roos is. Ze opent het.

*Hey, waar was je opeens gebleven? Je zou toch met mij mee naar huis fietsen om aan die opdracht voor Nederlands te werken? Ik heb je gebeld, maar je neemt niet op. Waar zit je?*

*Roos*

Chantal bijt op haar onderlip. Door die afschuwelijke e-mail is ze de afspraak helemaal vergeten. Vlug haalt ze haar mobieltje uit haar rugzak. Roos neemt meteen op.

'Ik ben blij dat je terugbelt,' begint ze gelijk. 'Ik maakte me al ongerust. Je was zo opeens verdwenen.'

Chantal verontschuldigt zich. 'Ben je thuis?' vraagt ze.

'Ja.'

'Kom je dan naar mij toe, of …?'

'Je zou toch naar mij toe komen?' valt Roos haar in de rede.

'Ja …' Chantal aarzelt, 'maar ik heb liever dat je hierheen komt.'

'Hoezo?'

'Ik kreeg vanmorgen een heel raar mailtje.'

'Van wie?'

'Dat weet ik niet.'

'Het e-mailadres staat er toch boven?'

'Ja, maar dat klopt niet.'

Het blijft even stil aan de andere kant van de lijn. 'Ik kom eraan.' Roos' stem klinkt nieuwsgierig.

Tien minuten later gaat de bel. Chantal haast zich de trap af en doet open.

'Je klonk behoorlijk geheimzinnig,' zegt Roos terwijl ze naar binnen stapt. 'Waar ging dat mailtje over?'

'Kijk straks zelf maar.'

Chantal gaat haar vriendin voor naar boven. Op haar kamer gaat ze achter haar computer zitten. Terwijl ze het bericht opent, kijkt Roos over haar schouder mee. Ze leest het zonder iets te zeggen.

'God, hoe verzint iemand zoiets,' zegt ze als ze het uit heeft.

Chantal zucht. 'Kun je je voorstellen dat ik hier behoorlijk ondersteboven van was? Dat mailtje spookte al de hele dag door mijn hoofd. Ik had net zo goed thuis kunnen blijven, want ik zat als een zombie in de klas.'

Roos knikt. 'Ik merkte vanmorgen wel dat er iets was, maar ik wilde niet vragen wat; niet waar iedereen bij was. Ik wilde er later bij je thuis over beginnen. Maar nu begrijp ik wat je dwarszat.' Ze leest het bericht opnieuw. 'Iemand die zoiets doet, moet wel heel ziek zijn,' zegt ze. 'Heb je een idee wie je dit geflikt heeft?'

Chantal haalt haar schouders op. 'Het is in elk geval verstuurd vanaf Dylans computer.' Ze wijst op het e-mailadres dat erboven staat.

Roos fronst. 'Waar is zijn computer nu?' vraagt ze.

'Ik neem aan dat die nog op Dylans kamer staat.'

Roos leest het mailtje nog eens over. Opeens wijst ze naar het scherm. 'Zie je dat? Het mailtje is de afgelopen nacht om twaalf over drie verstuurd. Degene die het geschreven heeft, wilde blijkbaar niet betrapt worden.'

Chantal zegt niets.

'Kan Daphne het niet gestuurd hebben?' gaat Roos verder. 'Ik weet hoe raar ze soms tegen je doet. Dat kind spoort niet helemaal. Het zou me niets verbazen als zij hierachter zit.'

Chantal knikt. 'Daar heb ik ook aan gedacht, maar ...' Plotseling hoort ze dat er weer een bericht binnenkomt. Het is opnieuw verstuurd van Dylans e-mailadres. Haar hart slaat een slag over als ze het opent.

*Liefste,*

*Ik hoopte zo dat ik op deze manier contact met je kon maken. Maar blijkbaar heb je mijn mail niet ontvangen, of misschien heb je hem gewoon nog niet gelezen, anders had je allang geantwoord. Daarom probeer ik het nog maar een keer. Alsjeblieft, laat wat van je horen.*

*Ik kus je zacht in je nek.*

*Dylan*

'Als het waar is dat deze mailtjes door Daphne zijn verstuurd, dan is ze totaal geschift,' zegt Roos.

Chantal geeft geen antwoord. Als lamgeslagen staart ze naar het scherm. Ze ziet het weer voor zich alsof het gisteren is gebeurd.

Ze had die middag samen met Dylan en zijn zusje in het zwembad achter Dylans huis gezwommen. Toen ze het tuinhuis binnenging om zich aan te kleden, was Dylan haar stilletjes achternagekomen. Opeens had ze zijn armen om zich heen gevoeld. Terwijl hij zich tegen haar rug aan drukte, streelde hij haar nog natte buik en liet zijn lippen smachtend over de huid van haar nek gaan.

Op dat moment was Daphne in de deuropening verschenen. De blik die Dylans zusje haar toen had toegeworpen, was vol haat geweest.

Chantal leest het mailtje nog een keer over. Het kan bijna niet anders dan dat zij hierachter zit, en toch … Ze schudt haar hoofd. 'Ik kan me nauwelijks voorstellen dat Daphne dit heeft geschreven,' mompelt ze.

'Hoezo niet?'

'Omdat ik wel eens een mailtje van haar heb gehad. Haar stijl is heel kinderlijk, en dit,' Chantal knikt naar het scherm, 'dit kan bijna niet van haar zijn.'

'Maar als het niet van Daphne afkomstig is, van wie dan wel?'

Chantal aarzelt even. 'Het lijkt meer op de stijl van Dylan,' zegt ze dan, 'alsof hij het heeft geschreven.'

'Hoe kan dat nou? Dylan is … ik bedoel …' Roos rilt. 'Doe niet zo eng,' mompelt ze.

Chantal kijkt verdrietig naar buiten. Het is gaan regenen.

Roos legt troostend een hand op haar schouder. 'Waarom doe je niet wat er gevraagd wordt?' stelt ze opeens voor.

Chantal kijkt naar haar vriendin op. 'Wat bedoel je?'

'Nou, terugmailen. Vraag de afzender om op te houden met dat misselijke gedoe.'

'Je bedoelt Daphne?'

Roos knikt.

Chantal aarzelt even, dan klikt ze op 'Beantwoorden' en begint te typen.

*Ik weet niet waarom je dit doet, Daphne, maar zou je hiermee willen ophouden? Ik heb er genoeg verdriet van dat Dylan er niet meer is en jij maakt dat verdriet alleen maar erger.*

*Laat me met rust!*
*Chantal*

'Zo goed?' vraagt ze.

Roos knikt.

Chantal verzendt het bericht en slaakt een diepe zucht. 'Ik hoop dat de boodschap aankomt,' zegt ze, 'want ik kan hier niet goed tegen.'

'Dat kan ik me voorstellen,' zegt Roos. 'Zelfs ik krijg er de kriebels van. Hoe haalt dat kind het in haar hoofd om net te doen of die mailtjes van haar overleden broer komen?'

Chantal kan alleen maar knikken. Leeg tuurt ze naar het scherm van haar computer.

'Ik vraag me af of Daphne reageert,' gaat Roos opeens verder. 'Als ze verstandig is, doet ze het niet. Ze begrijpt nu toch wel dat je haar doorhebt. En als ze ...' Ze wordt onderbroken door het signaaltje dat er weer een mailtje binnenkomt. 'Je krijgt antwoord,' sist ze.

Met ingehouden adem opent Chantal de nieuwe mail.

*Liefste schat,*

*Het is gelukt! Eindelijk! Ik ben zo blij. Je hebt mijn bericht ontvangen en je hebt zelfs geantwoord! Tegelijk vind ik het naar dat ik je zo van streek heb gemaakt. Uit je antwoord begrijp ik dat je denkt dat Daphne hierachter zit, maar dat is niet zo.* IK *heb je die mailtjes gestuurd, Dylan. Echt. Je moet me geloven!*

*Alleen al het feit dat je hebt gereageerd, geeft me weer hoop. Ik ga nu verder met zoeken naar mogelijkheden om je echt te ontmoeten. Binnenkort laat ik wel weer van me horen.*

*Ik houd nog steeds van je,*
*Dylan*

Bij het lezen van die laatste woorden barst Chantal in tranen uit.

'Wat een vreselijk kind is dat!' briest Roos. 'Die heeft echt een bord voor haar kop!'

'Ik weet niet of Daphne hier eigenlijk wel achter zit,' snikt zegt Chantal. 'Waarom zou ze zulke dingen schrijven?'

'Om jou kapot te maken.'

'En als het nu toch iemand anders is?'

'Hoe kan dat nou? Dylans e-mailadres staat er toch boven? In elk geval moet het ophouden. Wacht maar.' Roos trekt het toetsenbord naar zich toe en begint haastig te typen.

Door haar tranen heen leest Chantal de woorden mee die op het scherm verschijnen.

*Wie je ook bent, hou op! Je maakt Chantal kapot met dit soort zieke pesterijen! Dit heet stalken en dat is strafbaar. Als je daarmee doorgaat, schakelen we de politie in! Dus je bent gewaarschuwd!*

*Roos, vriendin van Chantal*

'Oké zo?' vraagt ze.

Chantal knikt.

Roos verzendt het bericht. 'Zal ik dat e-mailadres maar meteen blokkeren?' vraagt ze.

Chantal schudt haar hoofd. 'Laat maar. Het zal nu wel ophouden.'

'Dat weet ik nog zo net niet,' zegt Roos. 'Ik heb wel eens gehoord dat stalkers nogal volhardend zijn.'

'Dan kan ik het altijd zelf nog blokkeren.'

Roos haalt haar schouders op. 'Je moet het zelf weten, hoor, maar iedere keer dat er zo'n mailtje binnenkomt, wil je toch weten wat erin staat en dan ben je weer helemaal van de kaart.' Ze wacht op een reactie, maar Chantal heeft er de energie niet meer voor. 'Laat ik in elk geval je mailprogramma afsluiten,' gaat Roos verder. 'En zet ook je mobieltje uit, anders komen die creepy mailtjes daar binnen.'

Als Chantal de volgende dag op het punt staat naar beneden te gaan, kan ze het toch niet laten om nog even haar mail te checken. Ze zet haar telefoon aan en er komt meteen een berichtje binnen, weer met Dylans e-mailadres. Even weifelt Chantal, dan opent ze het.

*Roos heeft het mis, lieveling. Dit is geen pesterij. De mailtjes komen echt van mij. Ik ben juist zo gelukkig dat ik op deze manier contact met je kan maken. Het enige wat ik nu nog kan wensen, is dat ik je in mijn armen kan sluiten.*
*Zou je me alsjeblieft terug willen mailen?*

*Ik verlang naar je.*
*Dylan*

Het bericht brengt haar opnieuw uit haar evenwicht. Als het Daphne niet is, wie is het dan die haar die mailtjes stuurt? Met tranen in haar ogen doorzoekt ze de verschillende menu's om het e-mailadres te blokkeren, maar ze kan nergens vinden hoe dat moet. Terwijl ze daarmee bezig is, komt er een nieuw bericht binnen. Hoewel het weer van Dylans e-mailadres is verzonden, kan ze het toch niet laten om het te openen.

*Blokkeer mijn mailadres alsjeblieft niet! Sluit me niet buiten! Ik heb al zo'n moeite moeten doen om door te dringen in de wereld van de levenden en als je ...*

Zonder verder te lezen, klikt Chantal het bericht weg. De wereld van de levenden … Alsof degene die het geschreven heeft dood is. Ze huivert. Hoe weet de afzender trouwens dat ze het mailadres probeerde te blokkeren? Zou iemand misschien haar mobiel gehackt hebben? Haastig zet ze hem uit, grist haar rugzak van het bed en rent de trap af.

Haar moeder en broertje zitten nog aan tafel.

'Waar bleef je?' vraagt mam.

'Ik moest nog even mijn mail checken,' antwoordt Chantal.

'Heb je soms een nieuwe vriend?' vraagt haar broertje.

'Robin!' zegt mam streng.

Chantal doet of ze het niet heeft gehoord. Ze loopt door naar de gang en trekt haar jack aan.

'Moet je niet eten?' roept haar moeder vanuit de keuken. 'Ik heb lekkere afbakbroodjes gemaakt.'

'Nee, ik heb geen trek.' Ze doet haar rits dicht.

'Neem er dan een paar mee voor onderweg,' dringt haar moeder aan.

'Geen tijd. Ik moet opschieten, anders kom ik echt te laat.'

'Maar je kunt toch niet zonder eten naar school?'

Chantal zucht. 'Geef me dan maar een broodje mee,' zegt ze om ervan af te zijn. Ze gaat de keuken weer binnen.

'Er staat thee voor je,' zegt haar moeder met een knikje in de richting van een dampend theeglas.

'O, lekker.'

Terwijl haar moeder twee broodjes in een plastic zakje doet, drinkt Chantal met kleine haastige slokjes het kopje leeg.

Als ze even later naar de schuur loopt om haar fiets te pakken, komt haar moeder haar achterna. 'Neem het Robin maar niet kwalijk,' zegt ze. 'Hij bedoelt het goed.'

'Dat weet ik ook wel,' zegt ze een beetje kribbig.

Als ze met haar fiets de schuur uit komt, staat haar moeder er nog steeds. 'Zit nu maar niet over mij in, mam,' zegt ze. 'Soms heb ik het weer even te kwaad, maar ik kom er wel overheen.' In het voorbijgaan geeft Chantal haar een kus.

Haar moeder strijkt zacht over haar wang. 'Ik zou je zo graag weer gelukkig zien,' zegt ze zacht.

Haastig stapt Chantal op en fietst weg. Gelukkig … Met Dylan was ze gelukkig. Zijn onverwachte dood had haar leven omvergegooid. En juist nu haar verdriet wat begon af te nemen, kwam Daphne, of wie het ook was, op het idee om haar van die afschuwelijke mailtjes te sturen.

Ze heeft haar moeder er maar niet over verteld. Die zou zich meteen zorgen maken over haar. En aan haar vader kan ze het beter helemaal niet vertellen. Die is in staat om rechtstreeks naar de politie te gaan. Ze zoekt het liever zelf uit.


Als Chantal haar fiets in de stalling zet, komt Roos er ook net aan.

'En? Nog een mailtje gehad?' vraagt ze.

Chantal knikt. 'Twee. Vanmorgen.'

'Ook vannacht verstuurd?'

Chantal staart Roos even beduusd aan. 'Vergeten te kijken,' zegt ze dan.

'Wat stond erin?'

'Weet ik niet meer, alleen dat het tamelijk luguber was.'

Roos schudt haar hoofd. 'Ik zei toch dat je dat mailadres moest blokkeren?'

'Ja, maar ik weet niet hoe dat moet op een smartphone.'

'Ik ook niet, maar daar kijken we in de pauze wel naar.'

Terwijl ze de fietsenstalling uit lopen, stoot Roos Chantal aan.

'Daar heb je Daphne,' fluistert ze.

Chantal volgt haar blik. Bij de ingang van de school ziet ze Dylans zus. Ze staat met een paar vriendinnen te praten. Als Chantal vlakbij is, krijgen de meisjes haar opeens in het oog. Meteen verstomt het gesprek.

Even overweegt Chantal om te doen of ze Daphne niet heeft gezien, maar dan kruisen hun blikken elkaar. Daarom groet ze in het voorbijgaan met een kort 'hoi.' Ze krijgt geen antwoord.

'Wat zei ik,' sist Roos. 'Zo schuldig als wat.'

Chantal kan haar hoofd niet bij de les houden. Ze moet aldoor denken aan dat laatste mailtje. Het heeft haar de stuipen op het lijf gejaagd. Zou Daphne die tekst zelf hebben verzonnen? Maar waarom? En na al die tijd? Wat bezielt haar om …?

Ze schrikt van een raar gevoel tegen haar dijbeen, dan begrijpt ze dat het haar telefoon is. Onopvallend haalt ze hem tevoorschijn. Weer een mailtje van Dylan! Met haar hand beschermend eromheen opent ze het. Tot haar verbijstering ziet ze dat het vanaf Dylans iPhone is verstuurd. Met een bonzend hart opent ze het.

*Liefste,*
*Sorry dat ik je alweer mail, maar ik mis je zo. Ik was juist zo blij dat je …*

Chantal kan het opeens niet meer aan. Ze springt overeind en rent verblind door tranen naar de deur.

'Chantal! Wat is er?' vraagt meneer Kremer nog, maar ze is de klas al uit.

Zonder te weten waarheen rent ze verder. Aan het eind van de gang staat ze weifelend stil. Zal ze naar huis gaan? Maar haar moeder heeft een vrije dag en zal meteen willen weten wat er met haar is. Ze besluit de stad in te gaan, maar juist als ze de gang naar de garderobe in wil slaan, hoort ze de stem van Roos.

'Wacht even!'

Chantal draait zich om.

Vanaf het andere eind van de gang komt haar vriendin aangerend. Als ze tegenover haar staat, zegt ze hijgend: 'Meneer Kremer zei dat ik maar even achter je aan moest gaan. Hij gaf me deze reep mee. Die moest ik je geven als troost. Aardig van hem, hè?'

Chantal glimlacht door haar tranen heen. 'Neem jij hem maar,' zegt ze. 'Jij bent gek op chocola.'

'Ieder de helft dan.' Roos breekt de reep doormidden. 'Wat was er nu eigenlijk met je aan de hand dat je zo opeens de klas uit rende?' vraagt ze.

Chantal aarzelt even. 'Ik kreeg weer een mailtje,' antwoordt ze dan.

'Van wie?'

'Weet ik niet, maar het was deze keer verstuurd met Dylans iPhone.'

'Hoe weet je dat?'

'Dat stond erbij.'

'Daphne,' zegt Roos ademloos.

'Zou het?'

'Wedden dat zij Dylans iPhone heeft?'

Chantal kijkt haar verbijsterd aan.

'Wat stond erin?' vraagt Roos verder.

Chantal droogt haar tranen en haalt haar telefoon uit haar zak. Ze opent het mailtje. Nu Roos erbij is, lijkt de inhoud minder benauwend.

*Liefste,*

*Sorry dat ik je alweer mail, maar ik mis je zo. Ik was juist zo blij dat je had gereageerd. Het is het bewijs dat het kan! Deze keer verstuur ik de mail vanaf mijn iPhone, want ik heb iemand gevonden die een lader bij zich had. Nu kan ik ook proberen je te sms'en of whatsappen. Ik heb even overwogen om je te bellen, maar ik ben bang dat het je te veel zal aangrijpen. Misschien is dat iets voor later. Maar ik hoop dat je deze mail wel ontvangt. Antwoord alsjeblieft.*

*Liefs,*
*Dylan*

*Verstuurd vanaf mijn iPhone*

'Dit is het bewijs dat Daphne hierachter zit,' zegt Roos beslist. Ze bijt een stuk van de reep af. 'Zij kan bij Dylans computer en blijkbaar heeft ze nu ook zijn iPhone gevonden. En natuurlijk belt ze je niet. Je zou meteen horen dat zij het was, maar je stalken onder schooltijd kan ze wel. Kijk maar naar de tijd en de datum.' Ze wijst op het schermpje. 'Het is vijf minuten geleden verstuurd.'

Chantal staart er afwezig naar. Het is of haar hoofd vol watten zit.

'Begrijp je het niet?' vraagt Roos. 'Die iPhone hebben Dylans ouders natuurlijk teruggekregen toen … eh … nou ja, je weet wel … en Daphne heeft het toestel gevonden en stiekem mee naar school genomen om je ook tijdens de les dwars te zitten.'

Chantal kan alleen maar knikken.

'Die rotgriet probeert je gewoon kapot te maken!' Roos' stem klinkt schril van verontwaardiging. 'Wat bezielt dat kind! Ze moet …

Weet je wat?' onderbreekt ze zichzelf. 'Bel haar op, maar dan op Dylans nummer! Als ze opneemt, weet je meteen dat zij je dit allemaal flikt.'

Chantal aarzelt een ogenblik. Dan toetst ze Dylans nummer in. Ze hoort een klik en het volgende ogenblik is het of de wereld even stilstaat. Met gesloten ogen luistert ze naar zijn stem.

'En?' vraagt Roos gespannen.

'Voicemail,' antwoordt Chantal alleen.

'Wat een laffe griet,' briest Roos. 'Ze heeft hem uitgezet.'

Chantal herstelt zich. 'Of ze kan niet opnemen omdat ze in de klas zit,' zegt ze.

'Waarom gaan we niet naar haar toe en zeggen we dat ze op moet houden met die rotstreken,' oppert Roos.

'We kunnen toch niet zomaar haar klas binnenvallen?'

'Nee, maar straks is het pauze. Als we weten in welk lokaal ze zit, dan wachten we haar op en dan confronteren we haar met dat mailtje. Dan moet ze wel bekennen.'

'Ik ken haar rooster niet,' zegt Chantal.

'Maar Ploeg wel. Kom mee.' Roos gaat haar voor naar het kantoortje van de conciërge. Hij zit achter de computer.

'Zo dames, eruit gestuurd?' vraagt hij met opgetrokken wenkbrauwen.

'Nee, meneer.' Chantal kijkt schuins naar Roos. 'Ik moet even iets aan Daphne vragen, maar ik weet niet in welk lokaal ze zit.'

De conciërge fronst. 'Daphne? Het zusje van … eh …'

Chantal knikt. 'Het zusje van Dylan, ja.'

De conciërge buigt zich over zijn toetsenbord. 'Ik zal even voor je kijken.' Er glijden lijsten met namen over het scherm. 'Hier heb ik het,' zegt hij. 'Ze zit op het ogenblik in lokaal 107. Ze heeft Engels. Maar ik zou nog even wachten. Meneer Den Bakker vindt het vervelend om tijdens de les gestoord te worden, en over vijf minuten is het pauze.'

Ze knikken allebei.

Als ze de trap op gaan naar de eerste verdieping, ziet Chantal opeens Thomas naar beneden komen.

'Hoi Chantal,' zegt hij. 'Hoe is 't ermee?' Hij blijft staan.

'Gaat wel,' antwoordt ze. Schichtig kijkt ze naar Roos. Als die maar niet over die mailtjes begint. 'Hoe is het nu met de band?' vraagt ze daarom.

Thomas antwoordt niet meteen. 'Sinds kort komen we weer bij elkaar.'

'O,' zegt ze alleen.

'Je moet maar gauw weer eens langskomen,' zegt hij, 'tenminste, als je eraan toe bent,' voegt hij er haastig aan toe. 'Je bent altijd welkom.'

Chantal knikt. 'Zal ik doen,' zegt ze.

'En anders bel ik je nog wel.' Thomas legt zijn hand even op haar schouder, dan loopt hij de trap verder af.

'Aardige jongen,' fluistert Roos.

Chantal kijkt hem peinzend na. Hij had gezegd dat ze sinds kort weer bij elkaar kwamen. Betekende dat dat ze een vervanger voor Dylan hadden gevonden?

'Kom je nou mee?' onderbreekt Roos haar gedachten. 'Het is zo pauze.'

Even later komen ze bij lokaal 107 aan. Voorzichtig gluren ze door een van de ramen naar binnen. De kinderen zitten over hun werk gebogen druk te schrijven, terwijl Den Bakker vanachter zijn bureau streng de klas in kijkt.

'Ik denk dat ze proefwerk hebben,' fluistert Roos.

Chantal knikt. Ze laat haar blik over de hoofden gaan tot ze

Daphne in het oog krijgt. Ze zit op haar pen te kauwen en tuurt peinzend op haar blaadje. Voor zover ze kan zien, ligt er geen iPhone op haar tafeltje.

Roos giechelt. 'Wel lef om tijdens een proefwerk te gaan zitten mailen,' zegt ze. 'En zeker bij Den Bakker.'

Chantal glimlacht flauwtjes.

Plotseling klinkt de zoemer. In het lokaal barst lawaai los. Kort daarop vliegt de deur open en drommen de kinderen naar buiten. Op het moment dat Daphne de deur uit komt, pakt Roos haar bij haar mouw. 'Hé, Daphne, we wilden je wat vragen. Heb je even tijd?'

Daphnes ogen gaan een ogenblik wantrouwig naar Chantal. Dan knikt ze.

'Zullen we naar de mediatheek gaan?' stelt Roos voor.

'Waarom? Kan het niet hier?'

'Nee, de anderen hebben er niets mee te maken en in de mediatheek is het nu waarschijnlijk rustig.'

Tot Chantals opluchting gaat Daphne met hen mee. Zachtjes opent ze de deur. Zo te zien is er niemand. Ze doet de deur zacht achter hen dicht en loopt naar een hoek omsloten door hoge, met boeken gevulde kasten.

'Wat doen jullie vreemd,' zegt Daphne.

'Wie doet hier nu vreemd?' kaatst Roos terug. 'We weten dat jij onder Engels met Dylans iPhone een mailtje naar Chantal hebt gestuurd.'

'Wat? Ik?'

'Ja, jij,' zegt Chantal. 'En midden in de nacht stuur je me ook mailtjes. De inhoud daarvan is behoorlijk luguber.'

'Midden in de nacht?' herhaalt Daphne. 'Waar hebben jullie het over?'

'Houd je nou maar niet van den domme,' zegt Chantal. 'Jij kunt bij Dylans computer. Overdag ben je bang dat je ouders het merken, maar midden in de nacht weten ze toch niet wat je uitspookt.'

Er verschijnen tranen in Daphnes ogen. 'Ik heb Dylans computer niet aangeraakt. Hij staat gewoon op zijn kamer en daar ben ik niet meer geweest sinds …'

'Boven die mailtjes stond anders wel Dylans e-mailadres,' kapt Roos haar af.

Chantal knikt. 'En dat mailtje van daarnet was verstuurd met Dylans iPhone, om acht uur achtenvijftig, precies toen jij in de les zat bij Den Bakker. Dat is het bewijs dat jij het hebt verzonden.'

'Ik heb helemaal geen mailtje verstuurd.' Daphne begint zacht te huilen. 'En al helemaal niet met Dylans iPhone. Trouwens, ik weet niet eens waar dat ding is.'

'En dat moeten wij geloven,' zegt Roos scherp.

'Ja, want ik heb geen idee waar jullie het over hebben.'

'Dan zal ik je geheugen eens opfrissen.' Chantal haalt haar mobieltje tevoorschijn en zoekt het mailtje op. 'En van wie komt dit dan?' Ze houdt de tekst vlak onder Daphnes neus.

Die doet geschrokken een stapje achteruit.

Op dat moment weet Chantal het zeker. Daphne zit hierachter. 'Je hoeft het niet te lezen, hè?' sist ze. 'Want je weet wat erin staat!'

'I… ik weet echt nergens van!' stamelt Daphne.

'Je liegt!' Chantal voelt hoe haar hart bonst van boosheid. 'Dit bericht heb je nog geen kwartier geleden met Dylans iPhone verstuurd. Maar ik weet wel waarom je dit doet: je hebt het nooit kunnen uitstaan dat ik Dylans vriendin was. Je gaf mij zelfs de schuld van zijn dood. En nu wil je me kapotmaken, hè? Ik moet denken dat dit bericht van Dylan afkomstig is, net als al die andere mailtjes die je me hebt gestuurd. Je bent hartstikke gestoord, jij.'

Daphne begint hard te huilen.

'Waar heb je die iPhone van Dylan eigenlijk?' vraagt Roos.

'Die heb ik niet,' snikt Daphne. 'Ik heb alleen mijn eigen telefoon bij me.'

'Laat zien.' Chantal steekt gebiedend haar hand uit.

Daphne haalt het toestel uit haar zak. 'Hij staat uit,' zegt ze.

'Zet hem dan aan,' zegt Chantal dwingend. Als ze bij de berichten kijkt, ziet ze dat er vandaag geen mail mee is verstuurd. Ze geeft de telefoon terug. 'En wat zit er in je andere broekzak?' vraagt ze.

'Niets.' Daphne klopt er met haar hand op.

'En in je rugzak?' Chantal meent even een verschrikte blik in haar ogen te zien. 'Daar heb je hem dus!' roept ze. Met een ruk trekt ze de rugzak uit Daphnes handen en keert hem om. Er vallen boeken uit, gevolgd door pennen, potloden en een hoop andere losse rommel.

Op dat moment schiet Daphne langs haar heen en rent de mediatheek uit.

'Als dat geen teken van schuld is,' zegt Chantal.

'Wat is hier aan de hand?' hoort ze opeens achter zich. Ze draait zich geschrokken om. Mevrouw Van Bruggen van de mediatheek kijkt haar streng aan. 'Van wie is die rugzak?'

'V… van Daphne,' stamelt Chantal.

'Heb jij die omgekeerd?'

'Ja. Ze heeft iets … iets van mij.'

'Wat?'

Chantal vraagt zich af wat mevrouw Van Bruggen allemaal gehoord heeft. Daarom besluit ze geen antwoord te geven. Ze laat haar ogen over de spullen op de grond gaan, maar een iPhone zit er niet tussen. 'Het zit er niet bij,' zegt ze alleen.

'Ik vind het een rare manier van doen, Chantal,' zegt mevrouw Van Bruggen. 'Ook al heeft iemand iets van je afgepakt, dan nog vind ik dat je niet zomaar iemands rugzak om kunt kieperen. Dus je ruimt hem maar weer netjes in en je geeft hem terug aan Daphne. En je mag ook je verontschuldigingen wel aanbieden.'

Chantal knikt. Haastig stopt ze de spullen terug in de rugzak.

'Vergeet die excuses niet,' zegt mevrouw Van Bruggen als ze de mediatheek verlaten.

Zwijgend lopen ze naar de kantine.

'Volgens mij heeft Daphne er niets mee te maken,' zegt Roos opeens. Als Chantal geen antwoord geeft, gaat ze verder: 'Ik geloof haar. De manier waarop ze reageerde, was niet gespeeld. Bovendien had ze die iPhone van Dylan niet bij zich.'

Chantal knikt zwijgend. 'Dus jij denkt dat Daphne die mailtjes niet heeft verstuurd?' vraagt ze ten slotte.

'Nee,' antwoordt Roos zonder haar aan te kijken.

Er bekruipt Chantal een griezelige gedachte die al eerder bij haar op is gekomen: wat als het inderdaad Dylan is die contact met haar probeert te zoeken ...

HOOFDSTUK 3

De rest van de dag kan Chantal haar hoofd niet meer bij haar werk houden. Dat Daphne dat mailtje niet heeft gestuurd, gelooft ze nu wel, maar wie heeft het dan wel gedaan? Het moet iemand zijn die bij Dylans iPhone kan. Het was in dezelfde stijl geschreven als de andere mailtjes. Waarschijnlijk kwamen ze dus van dezelfde afzender. Ze had wel eens gehoord dat kinderen haatmail kregen met een gefaket e-mailadres, maar kon dat ook met een smartphone? En als dat zo was, wie stak daar dan zo veel energie in? In elk geval klonken de berichten niet alsof het iemand was die haar haatte. Meer als iemand die van haar hield … Dylan …?

Chantal schudt haar hoofd. De gedachte was te bizar voor woorden. Waarschijnlijk was het een stille aanbidder. Sinds ze bij de band zong, waren er altijd wel een paar jongens bij het podium die bewonderend naar haar opkeken. Er was er een bij met rood haar die soms zo raar strak naar haar kon kijken dat ze er iebel van werd. Misschien was hij het wel. Ze had er wel eens een film over gezien: een verknipte figuur die helemaal was geobsedeerd door een vrouw. Hij volgde haar overal en toen dat niet meer mocht van de rechter, begon hij haar midden in de nacht op te bellen en toen hem dat ook werd verboden, vermoordde hij haar.

Chantal rilt. Haastig drukt ze die benauwende gedachte weg. Dan heeft ze nog liever dat Daphne het heeft gedaan. Om erachter te komen wie het dan wel is, laat ze iedereen die ze kent nog eens de revue passeren. Ook de wat dubieuze vrienden met wie Dylan de laatste tijd optrok, maar er is niemand bij die ze tot zoiets in staat acht.

Chantal is blij als de zoemer gaat en ze eindelijk naar huis kan. Samen met Roos loopt ze de klas uit. Op weg naar de garderobe komen ze langs het kantoortje van de conciërge.

'Hé, Daphne heeft haar rugzak niet meegenomen,' zegt Roos.

Chantal kijkt om. De rugzak staat duidelijk zichtbaar achter het raam. 'Ze heeft hem zeker niet gezien,' zegt ze.

Ze voelt zich toch een beetje schuldig. Daphne was niet in de kantine te vinden geweest en ook niet buiten op het plein. Toen hadden ze de rugzak maar bij de conciërge afgegeven met de smoes dat Daphne hem vergeten was.

'Zou ze naar huis zijn gegaan?' vraagt Chantal.

'Dat zou me niets verbazen,' antwoordt Roos.

'Maar dan toch niet zonder haar rugzak? Ze heeft dat ding nodig om haar huiswerk te maken. Al haar spullen zaten erin. Behalve die iPhone,' voegt ze er wat wrang aan toe.

Zwijgend lopen ze naar de fietsenstalling. 'Zou je nog een nieuw mailtje hebben gekregen?' vraagt Roos terwijl ze het slot van haar fiets laat openklikken.

'Ik heb mijn telefoon uitgezet,' zegt Chantal.

'Je kunt toch niet voor altijd je telefoon uit laten omdat iemand je rare mailtjes stuurt? Dan kun je hem net zo goed wegdoen.'

'Ja, dat is zo.' Chantal haalt haar mobieltje tevoorschijn en kijkt er weifelend naar. Dan zet ze het toch maar weer aan. Nog geen twee seconden later klinkt er een signaaltje. 'Het is weer een mailtje,' fluistert ze.

'Van Dylan?' vraagt Roos.

'Ja.' Chantal ziet hoe een paar meisjes nieuwsgierig naar hen kijken en gebaart Roos te zwijgen, maar die kan haar nieuwsgierigheid niet bedwingen.

'Wat staat erin?' vraagt ze half fluisterend.

Chantal geeft geen antwoord en wenkt haar om mee te komen. Ze lopen naar een rustig plekje buiten het hek van de school. Daar opent Chantal het bericht. Ze houdt het toestel zo dat Roos mee kan lezen.

*Lieve schat,*

*Zag dat je gebeld had. Heb meteen teruggebeld, maar kreeg je voicemail. Zet je telefoon alsjeblieft aan, dan probeer ik het nog een keer. Maar als je dat liever niet wilt, dan houden we het voorlopig bij e-mail. Ik hoor het wel. Intussen ben ik druk op zoek naar mogelijkheden om je echt te ontmoeten. Verlang ernaar om je zachte huid weer tegen die van mij te voelen, de welving van je borsten …*

'Wat een griezel!' roept Roos uit. 'Dit is het bewijs dat Daphne hier niet achter zit. Alleen een vent kan dit soort dingen bedenken. Misschien is het wel een of andere ouwe viezerik. Als ik jou was, zou ik dat e-mailadres gelijk blokkeren. Op een computer weet ik hoe het moet, maar op een smartphone niet. Je zou dat op internet kunnen uitzoeken. En als het niet lukt, dan kun je altijd nog je e-mailadres veranderen en dan niet vergeten om het oude te verwijderen.'

'Ja, maar dan moet ik iedereen uitleggen waarom ik dat heb gedaan en …'

'Nee, hoor,' onderbreekt Roos haar. 'Je zegt gewoon dat je op dat mailadres bedolven wordt onder spam, of gewoon de waarheid, dat je rare mailtjes van iemand krijgt.'

'Dan wil iedereen ze lezen.'

'Ja, dat is zo.'

Chantal tuurt weer weifelend naar haar smartphone. 'Ik zal ook een ander nummer moeten nemen,' zegt ze, 'want stel je voor dat hij weer gaat bellen.'

Roos griezelt. 'Dan zou ik je telefoon maar gauw uitzetten … Ik bedenk net wat,' onderbreekt ze zichzelf. 'Als je een nieuw nummer neemt, moet je dat niet meteen aan iedereen doorgeven. Je moet dat een voor een doen en als je dan weer vanaf Dylans nummer gebeld wordt, dan weet je meteen dat de laatste die je je nieuwe nummer hebt gegeven de dader is.'

Chantal knikt. Roos zal wel gelijk hebben, en toch… Haar gedachten worden onderbroken door de beltoon van haar mobieltje. Haar hart klopt opeens in haar keel. Ze kijkt wie haar belt, maar ze herkent het nummer niet. 'Hallo,' zegt ze nauwelijks verstaanbaar.

'Chantal?' klinkt het vragend.

'Ja.'

'Vanmorgen kwam Daphne nogal overstuur thuis met een tamelijk warrig verhaal,' klinkt een wat bozige vrouwenstem. 'Weet jij daar misschien meer van?'

Chantal begrijpt dat ze Dylans moeder aan de lijn heeft. Ze schaamt zich en weet zo gauw niet wat ze moet antwoorden. 'J… ja,' hakkelt ze ten slotte. 'Ik … eh, ik wilde alleen weten of Daphne me een raar mailtje had gestuurd.'

'Als dat alles is …' De stem van Dylans moeder klinkt kil. 'Volgens mij is er wel meer gebeurd.'

'Eh … ja,' kan ze alleen maar uitbrengen.

'Daarom heb ik graag dat je even langskomt om te vertellen wat er nu eigenlijk precies aan de hand is.'

'Ja, d… dat is goed. W… wanneer?' stamelt Chantal.

'Nu meteen,' klinkt het bits. 'En neem Daphnes rugzak mee.'

'J… ja, dat zal ik doen. Tot zo.' Haastig verbreekt Chantal de verbinding. 'Dat was Dylans moeder,' zegt ze tegen Roos.

'Ja, zoiets begreep ik al. Was ze erg boos?'

Chantal knikt en vertelt wat ze heeft gezegd.

'Zal ik met je meegaan?' biedt Roos aan. 'Ik was er tenslotte ook bij.'

'Lief van je, hoor,' zegt Chantal, 'maar ik ben bang dat het niet zo'n leuk gesprek wordt. Bovendien vroeg ze of ík langs wilde komen.'

Roos knikt. Op haar gezicht is een zweem van opluchting te zien. 'Zal ik dan buiten op je wachten? Zo lang zal het niet duren, toch?'

'Nee, ik hoop het niet.'

'Dan gaan we na afloop de stad in, leuke kleren passen en ergens iets drinken om bij te komen. Dan kun je gelijk vertellen hoe het is gegaan.'

Chantal knikt. 'Nog even mijn moeder bellen dat ik later thuis-kom.'

Mam neemt meteen op. 'Je belt om te zeggen dat je later thuis-komt,' zegt ze.

Chantal houdt haar adem in. 'J... ja, hoe weet je dat?'

'Gewoon, het is mooi weer en ik dacht: die wil even de stad in.' Haar moeder lacht kort.

'Hoe raad je het zo?' Chantal hoort zelf hoe onecht haar stem klinkt.

Het blijft een paar tellen stil aan de andere kant van de lijn. 'Is er wat?' vraagt haar moeder.

'Nee, hoor,' antwoordt Chantal haastig. 'Roos heeft wat kleren nodig en ik ga met haar mee.'

'Ben je wel voor het eten thuis?'

'Tuurlijk. Tot straks dan.' Chantal verbreekt de verbinding. 'Pff...' In een lange zucht laat ze haar adem ontsnappen. 'Ik dacht even dat ze door Dylans moeder was gebeld.'

Ze wil al op haar fiets stappen, als Roos haar tegenhoudt. 'Je zou Daphnes rugzak toch meenemen?' vraagt ze.

'O ja, dat was ik helemaal vergeten.'

'Ik haal hem wel even.'

Voordat Chantal kan protesteren, is Roos het hek al door. Chantal kijkt haar na. Het is maar goed dat Roos haar er op tijd aan herinnerde. Ze ziet erg tegen het gesprek met Dylans moeder op en ze zal blij zijn als het achter de rug is. Het was een goed idee van Roos om daarna de stad in te gaan.

Opeens herinnert ze zich wat Roos zei over het veranderen van haar nummer. Dat zou ze dan gelijk vanmiddag kunnen doen. Terwijl ze erover nadenkt, voelt ze opeens twijfel opkomen. Misschien is het beter om er toch nog even mee te wachten. En het e-mailadres van Dylan blokkeren? Verward kijkt ze naar het mobieltje in haar hand. Wil ze nu van die griezelige mailtjes af of niet? Op haar computer had ze die best kunnen blokkeren, maar ze heeft het niet gedaan. Ze begrijpt zichzelf niet meer. Telkens raakt ze door die berichtjes van slag en toch wil ze elke keer weer weten wat erin staat. Is het omdat ze er iets van Dylan in herkent? Hij zou ze zelf geschreven kunnen hebben. Niet alleen de stijl, maar ook de woordkeus is zo helemaal van hem.

Ze houdt haar adem in. Is dat het misschien? Hoopt ze soms dat híj het is die haar die berichtjes stuurt? Maar dat is onzinnig! Hij kan het niet zijn. Toch heeft ze het vreemde gevoel dat als ze haar telefoonnummer verandert, haar e-mailaccount verwijdert en zijn mailadres blokkeert, het laatste onzichtbare draadje dat haar met Dylan verbindt, verbroken wordt.

Chantal schrikt als Roos de rugzak in het krat gooit dat voor op haar fiets zit.

'Over wie stond jij te dromen?' vraagt ze.

'O, over n… niemand,' hakkelt ze. 'Ik stond alleen te bedenken wat ik straks moet zeggen.'

Een kwartiertje later rijden ze de straat in waar Dylan woonde. Sinds de begrafenis is ze hier niet meer geweest. Aan de overkant stappen ze af. Het indrukwekkende huis met de hoge ramen ziet er nog even afwerend uit.

Het contact met Dylans ouders was nooit echt innig geweest. Toen ze voor het eerst kennis met hen maakte, had ze hun kritische blik wel gezien. Ze had het gevoel dat ze gekeurd werd; van de kleren die ze aanhad tot de manier waarop ze haar thee dronk. Ondertussen wilden ze van alles van haar weten: aan welke sporten ze deed, wat ze ging doen na haar eindexamen, waar ze woonde en wat haar vader en moeder deden. Toen ze vertelde dat haar vader in de bouw zat en haar moeder in de thuiszorg, had de manier waarop Dylans ouders elkaar even aankeken haar een vervelend gevoel bezorgd. Ze was zich opeens scherp bewust van het verschil tussen Dylans familie en die van haar. Ze had zich nog nooit voor haar ouders geschaamd, maar toen opeens wel. Later had ze dat zichzelf kwalijk genomen. Haar vader en moeder waren maar heel gewone mensen, maar lievere ouders bestonden er niet.

Dylan had de spanning die ontstaan was ook gemerkt en nam haar mee naar zijn kamer. Daar had hij haar in zijn armen genomen en gezegd dat ze zich vooral niets van zijn ouders aan moest trekken. Ze begreep dat hij zich net als zij schaamde. Het voelde als een soort bondgenootschap.

'Zie je ertegen op?' onderbreekt Roos haar gedachten.

'Een beetje.'

Achter een van de ramen ziet Chantal plotseling een beweging. Zouden ze daar al die tijd naar hen hebben staan kijken? 'Ik ga dan maar,' zegt ze. 'Tot zo.'

Ze zet haar fiets op slot en loopt haastig naar de voordeur. Ze moet even iets overwinnen voordat ze op de bel drukt.

Dylans moeder doet open. 'Kom binnen,' zegt ze afgemeten. Ze vraagt niet of Chantal haar jas uit wil doen, maar loopt meteen door naar de grote zitkamer.

'Ik heb Daphnes rugzak maar meegenomen,' zegt Chantal tegen haar rug.

'Ja, dat is het minste wat je kon doen,' reageert Dylans moeder zonder haar aan te kijken.

Als Chantal de kamer binnenkomt, ziet ze Daphne. Ze zit met neergeslagen ogen op de zware fauteuil naast de open haard. 'Sorry dat ik vanmorgen zo lelijk tegen je deed,' verontschuldigt ze zich. 'Ik dacht echt dat jij die mailtjes had gestuurd.'

'Ik zei toch dat ik het niet gedaan had?' Daphnes stem klinkt verongelijkt.

Achter zich hoort Chantal een gerucht. Als ze omkijkt, ziet ze Dylans vader de kamer binnenkomen.

'Dag Chantal,' zegt hij. Zijn stem klinkt kil, maar hij geeft haar toch een hand. Hij gebaart dat ze op de bank moet gaan zitten. 'Ik hoorde dat je Daphne had beschuldigd van het versturen van vervelende mailtjes.'

Chantal knikt. 'Ik dacht echt dat zij het had gedaan, want ze waren verstuurd vanaf Dylans computer en vandaag kreeg ik er zelfs een onder schooltijd, maar die kwam van Dylans iPhone.'

Er valt een korte stilte.

'Waar leid je dat uit af?'

'Dat stond eronder: *verstuurd vanaf mijn iPhone.*'

Dylans vader fronst even. 'Dat zegt niets,' bromt hij. 'Dat soort mailtjes kun je van iedere willekeurige computer versturen. Vraag me niet hoe het moet, maar het schijnt mogelijk te zijn.'

'Dus iedereen kan die mailtjes gestuurd hebben?' vraagt Daphne.

Haar vader haalt zijn schouders op. 'Iemand die handig is met computers wel.' Opeens lijkt hem iets te binnen te schieten. 'Heb jij Dylans iPhone?' vraagt hij aan zijn vrouw.

Ze schudt haar hoofd. 'Ik dacht dat jij die had, want hij zat niet bij ...' haar stem hapert even, '... zijn spullen die we terugkregen van het ziekenhuis.'

'Ik heb hem ook niet.' Dylans vader denkt een ogenblik na. 'Misschien is hij uit zijn zak gevallen tijdens het vervoer naar het ziekenhuis, of in het ziekenhuis zelf.'

'Maar dan hadden we hem toch wel teruggekregen?' zegt Dylans moeder.

Ze kijken elkaar weifelend aan.

'Misschien is hij in de disco uit zijn zak gegleden en heeft iemand anders hem nu,' oppert Chantal.

'In dat geval heeft Daphne er niets mee te maken,' zegt Dylans moeder. 'Iemand anders moet je dus die mailtjes hebben gestuurd. Mag ik die laatste eens lezen?' vraagt ze.

Chantal aarzelt even, maar dan pakt ze toch haar mobieltje en opent het mailtje dat ze tijdens de les binnenkreeg.

Zwijgend glijden de ogen van Dylans moeder over de tekst. 'Is dat alles?' vraagt ze.

Chantal schudt haar hoofd. 'Ik heb daarnet ook nog een mailtje gehad.' Ze opent het.

Als Dylans moeder het uit heeft, laat ze het aan haar man lezen.

'Je kunt hier beter niet op reageren,' zegt hij. 'Trouwens, je had heel goed kunnen weten dat dit niet van Daphne afkomstig is. Zoiets walgelijks zou ze nooit schrijven.'

Chantal is daar nog steeds niet helemaal van overtuigd, maar ze houdt haar mond. 'Dit zijn niet de enige mailtjes,' zegt ze daarom. 'Ik heb er nog veel meer gehad. Allemaal alsof ze verstuurd zijn vanaf Dylans e-mailadres.'

'Dus je denkt nog steeds dat Daphne erachter zit?' De ogen van Dylans moeder schieten vuur. 'Heb je haar nu nog niet genoeg gekwetst? Je beschuldigingen zijn volkomen uit de lucht gegrepen. Trouwens, Daphne heeft haar eigen computer. Ze zou nooit gebruik maken van die van Dylan om ...'

'Dat is zo te controleren,' onderbreekt haar man haar. 'Áls er mailtjes zijn verstuurd vanaf Dylans computer dan moeten ze in de map verzonden items zitten.' Hij staat op en wenkt Chantal. 'Loop je even mee?' vraagt hij. 'Dan kun je met eigen ogen zien dat er geen e-mail is verstuurd met Dylans computer.'

Chantal durft niet te weigeren en een ogenblik later volgt ze Dylans vader de trap op. Ze merkt dat hij even aarzelt voordat hij de deur naar Dylans kamer opendoet. Met een bonzend hart stapt ze achter hem aan naar binnen.

Er is niets veranderd, ziet ze. Alles staat er nog net zo; alsof hij even naar beneden is om een kop thee te halen. Op zijn slordig rechtgetrokken dekbed liggen een paar schoolboeken en over de rugleuning van een stoel hangt achteloos een spijkerbroek. In de hoek bij het raam staat zijn gitaar. Er schiet een brok in haar keel en ze moet moeite doen om niet te gaan huilen.

Opeens klinkt het opstartgeluid van Dylans computer.

'Ik weet zeker dat mijn dochter die mailtjes niet heeft verzonden,' zegt Dylans vader. Hij staat over het toetsenbord gebogen. 'Sinds Dylan er niet meer is, is ze niet meer op zijn kamer geweest.'

Een ogenblik overweegt Chantal om te vertellen dat een van de mailtjes midden in de nacht is verstuurd, maar ze zegt niets. Ze ziet hoe Dylans vader het e-mailprogramma opent en vervolgens klikt op verzonden items.

Hij buigt zich dichter naar het scherm. 'Het laatste bericht is verzonden op 27 februari,' zegt hij, 'de dag van Dylans dood,' voegt hij er na een korte aarzeling aan toe. Hij zoekt nog even verder. 'Kijk, hieraan kun je zien dat het mailprogramma sinds die datum niet meer is geopend.'

Chantal ziet een aantal onbegrijpelijke tekstregels op het scherm.

'Met deze computer heeft Daphne dus geen berichten naar je verstuurd,' stelt Dylans vader vast. Met een paar snelle klikken van de muis sluit hij af.

Als ze de huiskamer weer binnenkomen, kijken Daphne en haar moeder hen afwachtend aan.

'Er waren geen mailtjes,' zegt Chantal een beetje timide.

'Dat zei ik toch?' zegt Dylans moeder bits. 'Daphne heeft het al moeilijk genoeg met het overlijden van haar broer en dan ook nog eens vals beschuldigd worden … Ze kwam helemaal overstuur thuis.'

'Sorry,' mompelt Chantal.

'Sorry, sorry,' herhaalt Dylans moeder. 'Je schijnt niet te beseffen hoeveel narigheid je onze familie hebt bezorgd.'

Chantal slikt. 'Het spijt me echt. Ik had niet zo lelijk tegen Daphne moeten doen.'

'Ik heb het niet alleen over Daphne. Ook over Dylan. Hij had nooit naar de disco moeten gaan. Hij was grieperig en voelde zich helemaal niet lekker, maar hij ging omdat jij er zo graag heen wilde.'

Chantal doet haar mond al open om te zeggen dat het net andersom was, maar ze komt er niet tussen.

'Je hebt toch wel gemerkt dat hij ziek was?' gaat Dylans moeder verder. 'Of dacht je alleen maar aan je eigen plezier?'

Chantal is te verbijsterd om er iets tegen in te brengen.

'Charlotte, toe nou,' zegt Dylans vader sussend.

'Niks toe nou,' valt zijn vrouw tegen hem uit. 'Dylan had die avond thuis moeten blijven, maar zij moest zo nodig naar de disco. Hij heeft zich op de been weten te houden met energiedrankjes en dat is hem noodlottig geworden. De dokter in het ziekenhuis zei dat er in zijn bloed een veel te hoge dosis cafeïne zat. Daardoor kreeg hij die hartstilstand en ...'

'Chantal, ik denk dat je nu beter kunt gaan,' onderbreekt Dylans vader zijn vrouw. Hij staat op en loopt de kamer uit.

Verward volgt Chantal hem.

'Ja, ga maar weg!' roept Dylans moeder haar achterna. 'En laat mij maar zitten met mijn verdriet.'

Zonder iets te zeggen laat Dylans vader haar uit.

Verblind door tranen loopt Chantal het tuinpad af. Haar handen trillen zo dat ze het sleuteltje bijna niet in haar fietsslot kan krijgen. Als ze op wil stappen, hoort ze opeens de stem van Roos achter zich.

'Hé, wacht nou even! We zouden toch de stad in gaan?' Ze stapt naast Chantal af en kijkt haar onderzoekend aan. 'Was het zo erg?' vraagt ze.

Chantal kan alleen maar knikken.

'Kom, laten we verderop gaan staan,' zegt ze. 'Ze hoeven daarbinnen niet te zien dat ze je aan het huilen hebben gekregen.'

Met de fiets aan de hand lopen ze naar de hoek van de straat.

'Wat heeft ze allemaal tegen je gezegd?' wil Roos weten.

'Dat Dylan dood is door mijn schuld.' Chantal snikt ingehouden.

'Hè? Ik dacht dat ze je over Daphne wilde spreken?'

'Ja, dat was ook zo, maar toen begon ze opeens over Dylan. Dat hij griep zou hebben gehad die laatste avond en dat hij thuis had moeten blijven. Ze verweet me dat ik per se naar de disco wilde. Maar zo was het helemaal niet. Het was net andersom. Dylan wilde erheen, ik niet.'

'Dan was hij dus niet zo ziek,' stelt Roos vast.

Chantal haalt haar schouders op. 'Ik weet het niet. Ik heb tenminste weinig aan hem gemerkt. Alleen dat hij nogal humeurig was toen we erheen fietsten, alsof hij ergens de pest over in had. Maar toen we eenmaal in de disco waren, was dat al gauw over en ging hij helemaal uit zijn dak. Alleen toen we weg zouden gaan, ging het fout.'

Een poosje zeggen ze niets.

'Is het waar dat Dylan die avond drugs heeft gebruikt?' vraagt Roos opeens.

Het is of Chantal een klap in haar gezicht krijgt. Even is ze sprakeloos. Dan vraagt ze scherp: 'Hoe kom je daarbij? Wie heeft dat gezegd?'

Roos knippert geschrokken met haar ogen. 'I... ik weet het niet meer,' hakkelt ze. 'Iemand op school, geloof ik.'

'Pff, allemaal jaloezie. Dylan blowde wel eens, maar verder niet, en op die avond heeft hij zelfs dát niet gedaan.' Geërgerd merkt Chantal dat Roos haar blik ontwijkt. 'Ik weet zeker dat hij niets heeft gebruikt,' zegt ze verontwaardigd. 'Ik was toch bij hem?'

Roos knikt alleen.

Chantal probeert de twijfel die bij haar opkomt te negeren. 'Hij heeft gewoon te veel Red Bull gedronken omdat hij zich nogal duf voelde vanwege die griep en dat is hem fataal geworden.'

'Maar Red Bull is toch niet gevaarlijk?'

'Het schijnt van wel. Mijn vader heeft ergens gelezen dat in een blikje Red Bull evenveel cafeïne zit als in drie koppen koffie en dat je hartproblemen kunt krijgen als je daar te veel van drinkt.' Opeens komen de beelden van die laatste avond weer naar boven. Dylan aan de bar, Dylan in de chill-outruimte met een blikje in zijn hand. Ze kan zich eigenlijk niet herinneren dat ze hem Red Bull heeft zien drinken. Wel bier. 'Dylan had een veel te hoge dosis cafeïne in zijn bloed,' gaat ze verder. 'Dat hebben Dylans ouders me zelf verteld.'

Terwijl ze het zegt, slaat opnieuw de twijfel toe. Zouden ze soms niet eerlijk tegen haar zijn geweest, of hadden ze het misschien gewoon verkeerd verstaan? Cafeïne klonk een beetje hetzelfde als cocaïne …

'Zullen we de stad nog in gaan, of heb je er eigenlijk niet zo'n zin meer in?' onderbreekt Roos haar gedachten.

Chantal moet de woorden even tot zich door laten dringen. Dan knikt ze. 'Jawel,' zegt ze aarzelend. 'Als je maar niet weer over drugs begint.'

Anderhalf uur later ploffen ze doodmoe neer op het terras van café Studio. Ze bestellen allebei een smoothie.

'Dat veranderen van je mobiele nummer ging sneller dan ik dacht,' zegt Roos.

Chantal knikt. Toen ze bij de balie stond, had ze nog terug willen krabbelen, maar ze kon niet tegen de argumenten van Roos op. Met een vaag gevoel van spijt was ze de belwinkel uit gelopen. Daarom had ze besloten om haar e-mailaccount voorlopig te houden.

'Aan wie geef je je nieuwe nummer als eerste door?' vraagt Roos.

'Aan jou, lijkt me.' Chantal grinnikt opeens. 'Dus als ik vanavond een raar sms'je krijg, dan weet ik dat jij achter dit alles zit.'

Roos lacht een beetje onzeker. 'Wat zeg je tegen je ouders als je vertelt dat je een nieuw nummer hebt genomen?'

Chantal fronst haar wenkbrauwen. 'Geen idee.'

'Je zou ze kunnen vertellen dat je opeens allemaal vervelende reclame-sms'jes ontving en dat dit de enige manier was om daarvan af te komen.'

Chantal knikt.

'Wie geef je, na je ouders, je nummer als eerste?' vraagt Roos weer.

Chantal haalt haar schouders op. 'De rest van de familie en dan een paar klasgenoten misschien?'

'Ik zou beginnen met de leden van de band en Thomas als eerste, want die zei dat hij je zou bellen.'

'Thomas stalkt me niet.'

'Dat zeg ik toch niet?'

'Nee.' Chantal zet het rietje van haar smoothie aan haar lippen en drinkt slurpend het laatste restje op. 'En ik weet zeker dat de andere leden van de band dat ook niet doen. Ik ga binnenkort wel een keer bij ze langs en dan geef ik ze mijn nieuwe nummer wel.' Chantal heeft geen zin om er nog over door te praten. Daarom sluit ze haar ogen en leunt achterover. De late middagzon tekent zich als een rode gloed achter haar oogleden af. Thomas. Ze glimlacht onwillekeurig. Na Dylan vond ze hem de leukste jongen van de band. Serieuzer dan Dylan en minder uitbundig, maar wel iemand bij wie je altijd terechtkon. Het is of ze de warmte van zijn hand op haar schouder nog steeds kan voelen.

'Doe die nieuwe oorbellen eens in,' hoort ze Roos opeens zeggen.

'Ja, straks,' mompelt ze doezelig.

'Nee, nu.'

'Als jij dat nieuwe T-shirt aantrekt.'

'Hier op het terras zeker.'

Chantal doet haar ogen open. 'Dan heb je in elk geval bekijks.' Ze lacht. Verbaasd luistert ze naar het geluid. Hoelang is het eigenlijk geleden dat ze gelachen heeft? Voor het eerst in tijden voelt ze zich weer een beetje ontspannen. Ze haalt het zakje met de oorbellen tevoorschijn en doet ze in. Dan draait ze haar hoofd van links naar rechts zodat Roos ze goed kan zien. 'Hoe staan ze?' vraagt ze.

'Heel mooi,' klinkt het achter haar.

Verrast draait ze zich om. 'Hé, Luuk,' zegt ze, maar ze kan niet voorkomen dat haar stem wat kil klinkt.

'Gezellig wezen winkelen?' vraagt hij met een blik op een van de lege stoelen waarop drie plastic tassen liggen.

Chantal knikt.

'Mag ik erbij komen zitten?' vraagt hij.

'Jawel, hoor.' Chantal heeft minder dan een fractie van een seconde geaarzeld, maar Luuk lijkt het toch gemerkt te hebben.

'Als je het liever niet hebt, moet je het zeggen, hoor,' zegt hij.

'Nee, ga zitten,' zegt ze zo hartelijk mogelijk.

Terwijl hij een stoel naar zich toe trekt, steekt hij zijn hand uit naar Roos. 'Luuk Verhoef,' stelt hij zich voor.

'Roos,' zegt ze. 'We hebben elkaar al een keer ontmoet,' gaat ze verder, 'toen de band optrad tijdens die kunstmarkt. Jij bent toch de broer van Thijs?'

Luuk knikt. 'Sorry, dat ik me je niet herinner,' zegt hij, 'maar er liepen zo veel mooie meisjes rond.' Hij knipoogt naar Chantal.

Ze doet of ze het niet ziet.

'Willen jullie iets van mij drinken?' zegt Luuk met een blik op hun lege glazen.

'Graag,' zegt Roos voordat Chantal kan weigeren.

'Hetzelfde, of iets anders?'

'Doe mij maar hetzelfde,' zegt Roos.

'Ik niet meer,' zegt Chantal.

'Zeker weten?'

Ze knikt.

Luuk staat op. 'Ik bestel het binnen even,' zegt hij. 'Anders moeten we zo lang wachten.' Hij verdwijnt het café in.

'Daar komen we voorlopig niet van af,' moppert Chantal.

'Hoezo niet?' vraagt Roos.

'Het is een meidengek en als hij denkt dat hij succes heeft, is hij niet meer bij je weg te slaan.'

'Het is anders wel een stuk.'

Chantal haalt haar schouders op. 'Ik mag hem niet, maar hij was bevriend met Dylan. Als we gingen stappen, dan was hij er meestal bij. Ik vond dat vervelend, want hij zat altijd aan me. Toen ik het er een keer met Dylan over had, zei hij dat Luuk nu eenmaal zo was en dat ik me er niets van aan moest trekken. Maar ik ...' Abrupt houdt

Chantal haar mond als ze Luuk weer naar buiten ziet komen.

'De bestelling komt er zo aan,' zegt hij. 'Chantal, weet je zeker dat je niets wilt drinken?' dringt hij aan.

'Nee, echt niet.'

Terwijl Luuk gaat zitten, kijkt hij haar onderzoekend aan. 'Hoe gaat het nu met je?' vraagt hij. 'Je ziet er opgewekter uit dan een paar weken geleden.'

'Het gaat wel,' antwoordt Chantal terughoudend.

Er valt een korte stilte.

'Weet je al dat de band weer bij elkaar komt?' vraagt Luuk.

Chantal knikt.

'Ben je nog van plan om weer te gaan zingen?' gaat hij verder.

'Ik weet het nog niet, ik zie wel.' Chantal is blij als de ober met een dienblad verschijnt. Hij zet de smoothie automatisch voor Roos neer en het bier voor Luuk. Als hij heeft afgerekend, zet hij het glas meteen aan zijn lippen. Er blijft een randje schuim achter op zijn bovenlip dat hij met de rug van zijn hand afveegt.

'Heb jij Dylan die avond Red Bull zien drinken?' vraagt Chantal in een opwelling.

'Je bedoelt die avond dat hij … eh …'

Chantal knikt.

'Nee, volgens mij dronk hij dat nooit. Hij dronk meestal bier, net als ik.' Luuk grijnst. 'Waarom wil je dat weten?'

Chantal wou dat ze de vraag nooit had gesteld. 'Zomaar. Ik … eh … ik dacht … eh …'

'Omdat ze een hoge dosis cafeïne in Dylans bloed hadden gevonden,' schiet Roos haar te hulp. 'Tenminste, dat zeiden Dylans ouders.'

Luuk trekt zijn wenkbrauwen op. 'Ja, dat praatje werd toen door hen verspreid. Cafeïne …' Hij lacht schamper. 'Dylans ouders konden de schande niet verdragen dat hun zoon aan de drugs was. Hij …'

'Dylan gebruikte geen drugs!' roept Chantal verontwaardigd. Ze ziet hoe op het terras een aantal hoofden zich in hun richting draaien. 'Je moet geen kletspraatjes rondstrooien,' sist ze hem toe. 'Hij blowde wel eens, maar verder niet.'

Luuk schudt zijn hoofd. 'Ik begrijp dat je het voor Dylan opneemt, want hij kan zichzelf niet meer verdedigen, maar ...'

'Ik hoef hem niet te verdedigen, want het is gewoon niet waar!' Er springen tranen in haar ogen. 'Misschien heeft hij ooit wel eens geblowd of een xtc-pilletje genomen, maar dat is dan ook alles.'

Luuk haalt zijn schouders op. 'Als je dat wilt geloven ...' Hij drinkt zijn glas leeg en zet het met een scherpe tik terug op het tafeltje.

Chantal kijkt ernaar zonder iets te zien. Opeens staat ze op. Verblind door tranen rent ze tussen de tafeltjes door; weg van al die nieuwsgierige blikken en weg van Luuk met zijn gemene insinuaties. Ze steekt de Grote Markt over.

Halverwege haalt Luuk haar in. Hij slaat een arm om haar heen die ze boos afschudt. 'Sorry, dat ik je van streek heb gemaakt,' zegt hij onverstoorbaar, 'maar eens zul je de realiteit onder ogen moeten zien.'

Chantal houdt zich doof en loopt door.

'Ik kan me niet voorstellen dat je nooit iets hebt gemerkt. Iedereen wist dat hij aan de dope was.'

Chantal voelt dat Luuk naar haar kijkt. Blijkbaar wacht hij op een reactie, maar ze houdt haar mond stijf dicht.

'In het begin experimenteerde hij alleen nog maar een beetje met vrij onschuldig spul: pilletjes, xtc, coke en zo, maar de laatste tijd had hij GHB ontdekt ...'

'Je liegt gewoon!' Chantal probeert haar tranen de baas te blijven.

'Houd jezelf niet voor de gek, Chantal. Je weet dat ik gelijk heb. Dylan ...'

'Het is gewoon niet waar!' kapt ze hem af. 'Ik heb nooit gezien dat hij iets kocht en al helemaal niet dat hij iets innam. Ik was altijd bij hem.'

'Ook als hij een drankje ging halen bij de bar en als hij naar de wc ging?'

'Nee, natuurlijk niet.' Ze staart verwezen voor zich uit. Was ze dan al die tijd zo onnozel geweest? Ze had immers nooit iets aan hem gemerkt. Alleen dat hij soms wel eens wat aangeschoten was. Maar hij dronk nooit veel. Een paar biertjes aan het begin van de avond. Daarna ging hij meestal over op water.

'Trouwens, als jij erbij was, hield hij zich in,' onderbreekt Luuk haar gedachten. 'Hij wachtte meestal met het zwaardere spul totdat hij jou thuis had gebracht. Als hij dan terugkwam ...'

'Hè?' Chantal blijft abrupt staan.

Luuk knikt. 'Wist je dat niet?'

Ze geeft geen antwoord.

'Jij moest altijd om een uur thuis zijn,' zegt Luuk, 'maar Dylan had dan nog geen zin om naar huis te gaan. Meestal was hij binnen een halfuurtje alweer terug en dan feestten we verder. Vaak tot diep in de nacht. Soms was hij zo stoned als een garnaal en dan moesten we hem thuisbrengen. We hebben hem vaak genoeg gewaarschuwd dat hij uit moest kijken met GHB, maar hij zei dat hij precies wist hoever hij kon gaan.'

Chantal meent weer iets van een schamper lachje te horen. Het maakt haar woest. 'Ik weet wel waarom je dit allemaal tegen me zegt.' Tranen van machteloze woede lopen over haar wangen. 'Je was gewoon stinkend jaloers op hem, omdat ik zijn vriendin was en omdat je jou niet moest. Maar Dylan was veel knapper dan jij, hij was muzikaal en ...'

'En hij is gestorven aan een overdosis,' vult Luuk aan.

'Dat is niet waar!' roept Chantal. 'Hij had te veel cafeïne in zijn bloed. Die artsen in het ziekenhuis liegen toch niet?'

'Nee, de artsen niet, maar Dylans ouders wel. Word wakker, Chantal,' gaat hij verder. 'Dylan is niet overleden aan een te hoge dosis cafeïne, maar aan een overdosis GHB, want daar lustte hij wel pap van.'

Achter zich hoort Chantal snelle voetstappen dichterbij komen. Aan het geluid dat haar laarsjes op de stenen maken, herkent ze Roos. Met de mouw van haar jack droogt ze haastig haar tranen.

'Ik wilde mijn smoothie nog even opdrinken,' zegt Roos hijgend. 'Ik vond het zonde om het te laten staan.'

Chantal probeert te glimlachen, maar het voelt meer als een verkrampte grimas.

'Ik ga er maar weer eens vandoor,' zegt Luuk. 'Maandag heb ik tentamen. We zien elkaar wel weer,' voegt hij eraan toe, maar hij blijft staan. 'Heb je soms zin om volgende week een keer mee naar de film te gaan?' vraagt hij opeens.

Chantal schudt haar hoofd.

'Waarom niet?' dringt hij aan. 'Je hebt een rottijd achter de rug en je zou er eens uit moeten.'

'Ze is er toch uit?' zegt Roos vinnig. 'We hadden een heel gezellige middag samen, totdat jij kwam.'

Luuk kijkt haar geërgerd aan, dan wendt hij zich weer tot Chantal. 'Zo'n mooie meid als jij moet niet blijven treuren,' zegt hij. 'Je moet weer onder de mensen komen, leuke dingen doen.' Hij draait zich om, maar draait meteen weer terug. 'Als je je bedenkt, kun je me altijd bellen,' zegt hij met een scheef lachje. 'Je hebt mijn nummer.'

'Wat een eikel,' zegt Roos als hij buiten gehoorsafstand is. 'Staat je daar gewoon een beetje te versieren.'

Chantal trekt alleen even haar wenkbrauwen op.

'Alsof je op hem zit te wachten,' raast Roos verder. 'Ik vind het een regelrechte engerd. Dat hij Dylans vriend was …'

Chantal luistert met een half oor. Luuks woorden malen nog steeds door haar hoofd. Wat hij beweerde, was onzin. Of was er misschien toch iets van waar?

'Het zou me niets verbazen als Luuk ook drugs gebruikt,' hoort ze Roos opeens zeggen.

'Hè?'

'Ja, kijk maar naar die ogen van hem. Als dat niet van de drugs komt …'

Chantal is even sprakeloos. Dan dringen Roos' woorden pas echt tot haar door. 'Je zei daarnet óók,' reageert ze fel. 'Dylan gebruikte geen drugs! Je praat alleen maar Luuk na.'

Roos knippert geschrokken met haar ogen. 'Z… zo bedoelde ik het niet,' hakkelt ze.

'Hoe bedoelde je het dan?' Chantal kijkt haar vriendin woedend aan.

Roos doet een stapje achteruit. 'Gewoon …' Schichtig kijkt ze om zich heen, alsof ze een mogelijkheid zoekt om te ontsnappen. 'Ik wil Dylan niet vals beschuldigen, maar ik moet er met je over kunnen praten, Chantal. Dylan was aan de drugs en er zijn meer mensen die dat zeggen.'

'Wie dan allemaal?'

'Dat weet ik niet meer. Ik heb er mensen tijdens de begrafenis over horen praten en later …'

Opeens kan Chantal het niet meer aan. 'Je bekijkt het maar,' schreeuwt ze. 'Als jij aan dat geklets mee wilt doen, moet je het zelf weten, maar dan ben je mijn vriendin niet meer!' Ze draait zich om en loopt met grote stappen weg.

'Wacht nou even …' hoort ze Roos nog zeggen, maar ze luistert niet meer.

'Mooie oorbellen,' zegt haar moeder als ze achterom de keuken binnenkomt. 'Was het gezellig met Roos?'

'Ja.' Chantal hoort zelf hoe mat haar stem klinkt.

'Is er wat?'

'Nee, hoor,' zegt ze zo opgewekt mogelijk. Ze wil liever niet vertellen dat ze ruzie heeft gehad met Roos, want dan wil mam natuurlijk meteen weten waarover. 'We kwamen Luuk tegen,' zegt ze in een opwelling. 'Je weet wel, die vriend van Dylan.'

'O, die.'

Chantal ziet dat de ogen van haar moeder opeens waakzaam worden.

'Wilde hij soms wat van jullie?'

Chantal schudt haar hoofd. 'Nee. We zaten ergens op een terrasje en hij kwam gewoon even bij ons zitten.'

Haar moeder aarzelt een moment. Dan zegt ze: 'Ik mag die jongen niet.'

'Waarom niet?'

'Omdat het nogal een feestbeest schijnt te zijn.' Chantals moeder glimlacht wat verkrampt. 'Zo zeggen jullie dat toch?'

Chantal knikt.

'Daarom heb ik liever niet dat je met hem omgaat,' vervolgt haar moeder, 'en ook niet met zijn vrienden.'

Chantal zucht. 'Dat was ik ook niet van plan,' antwoordt ze een beetje geprikkeld. Om van alle gevraag af te zijn zegt ze: 'Ik ga gauw even andere schoenen aandoen, hoor. Mijn kleine teen doet pijn.' Haastig loopt ze langs haar moeder de gang in en de trap op.

'Over een kwartiertje gaan we eten,' roept mam haar na.


Op haar kamer ploft Chantal op haar bed, maar meteen staat ze weer op. Zou er weer mail voor haar zijn? Met een bonzend hart

zet ze haar computer aan, maar ze aarzelt. GHB, had Luuk gezegd ...
Ze opent de browser en tikt de letters in. Met toenemende verbijstering leest ze wat de drug doet en hoe gevaarlijk hij kan zijn. Waarom is Dylan eraan begonnen? Dit had hij toch ook kunnen lezen? GHB ... Hoe kon hij zo stom zijn?

Ze klikt de informatie weg en opent haar mailprogramma. Er komt meteen een mailtje binnen. Tot haar opluchting ziet ze dat het van Roos is. Met een vaag schuldgevoel leest ze het.

*Waarom werd je nu zo boos? Ik roddel helemaal niet. Ik vertelde alleen wat ik gehoord had. Dat was ik eigenlijk helemaal niet van plan, maar ik versprak me gewoon.*

*Ik begrijp best dat het rot is om dat soort dingen over Dylan te horen. Ik heb altijd gedacht dat je het wel wist, maar dat je er niet over wilde praten. Daarom had ik het er ook nooit over, want ik wilde je niet nog meer verdriet doen.*
*Ik hoop dat we vriendinnen blijven.*

*xxx*
*Roos*

Chantal staart naar de tekst op het scherm. Roos wist het dus al die tijd al en niet alleen zij, ook Luuk en iedereen op school. Zelfs op de begrafenis was erover gesproken. Ze leest het mailtje nog eens. Blijkbaar wist iedereen het, alleen zij niet.

Ze buigt zich naar voren en trekt Dylans foto van de muur. Even voelt ze de drang om hem te verscheuren, maar ze doet het niet. In plaats daarvan gaan haar gedachten terug naar de laatste paar maanden, toen ze bijna elke vrijdag en zaterdagavond gingen stappen. Ze had nooit iets aan Dylan gemerkt. Behalve misschien dat zijn stemming de laatste tijd nogal wisselde, maar ze had nooit iets van drugs gemerkt.

Opeens herinnert ze zich iets wat Luuk had gezegd: dat Dylan zich inhield als zij erbij was en dat hij wachtte met het zwaardere spul tot hij haar had thuisgebracht.

Als dat waar was, dan had ze het ook niet kunnen weten en het verklaarde meteen een heleboel. Waarom hij in de weekeinden nooit eerder dan laat in de middag zijn bed uit kwam en waarom hij dan geen zin meer had om ergens heen te gaan. Waarom hij zaterdag vaak te laat op de oefenmiddagen van de band kwam. Ook kwam hij de laatste tijd vaak te laat op school. Op een keer had ze een leraar tegen hem horen zeggen dat hij zijn eindexamen nooit zou halen als hij op deze manier doorging. Toen ze Dylan ernaar vroeg, had hij zijn schouders opgehaald, maar hij wilde er verder niets over kwijt.

Chantal schrikt op van een nieuw mailtje dat binnenkomt. Het is weer met Dylans e-mailadres verstuurd. Ze durft het eigenlijk niet goed te openen. Daarom besluit ze om eerst Roos maar terug te mailen.

*Hoi Roos,*

*Het spijt me dat ik zo lelijk tegen je deed. Ik was nogal overstuur door alles wat Luuk over Dylan had gezegd. En toen hij weg was, begon jij er ook nog eens over. Daarom viel ik zo tegen je uit. Sorry.*
*En natuurlijk blijven we vriendinnen.*

*Liefs,*
*Chantal*

Ze verzendt het bericht. Dan opent ze met een benauwd gevoel het andere mailtje.

*Liefste,*

*Ik kan even niet bij de computer, dus probeer ik het maar weer met mijn iPhone. Ik hoop echt dat je deze mailtjes kunt ontvangen, anders weet ik het ook niet meer. Alsjeblieft, laat iets van je horen!*
*Dylan*

*Verstuurd vanaf mijn iPhone*

Er schieten tranen in Chantals ogen. Wie verstuurt die mailtjes en waarom wil de afzender zo graag contact met haar? Opeens heeft ze een idee: als ze nu eens net doet of ze niet meer twijfelt, of ze inderdaad gelooft dat het Dylan is die haar deze berichten stuurt? Ze denkt even na, dan begint ze snel te typen. De aanhef 'liefste' laat ze weg.

*Ik reageerde niet omdat ik van Luuk had gehoord dat je drugs gebruikte. Ik wilde het eerst niet geloven, maar het verklaart wel een heleboel dingen die ik niet van je begreep. Ik heb het je nog gevraagd. Waarom loog je tegen me?*

*Chantal*

Als ze het bericht heeft verstuurd, wacht ze gespannen af. Het duurt een hele tijd voordat er antwoord komt. Met een hand voor haar mond leest ze het.

*Liefste,*

*Je hebt geantwoord! Het zou me heel gelukkig moeten maken, maar nu Luuk zijn mond voorbij heeft gepraat, zul je me wel verafschuwen. Drugs ...*

*Ik wilde dat het niet waar was, maar ik kan het niet ontkennen. Ik probeerde het voor je verborgen te houden omdat ik me schaamde. Uiteindelijk is die rotzooi mijn dood geworden. Het spijt me verschrikkelijk dat ik je zo veel verdriet heb aangedaan. Kon ik de tijd maar terugdraaien. Vergeef me alsjeblieft.*

*Huil niet om me, ik ben het niet waard, maar als je het toch doet, dan kus ik de tranen van je ogen.*

*Ik houd nog altijd van je,*
*Dylan*

*Verstuurd vanaf mijn iPhone*

Het bericht raakt haar meer dan ze zichzelf wil toegeven. Daar staat het, zwart op wit. Dylan geeft zelf toe dat hij ... Nee! Het kan Dylan niet zijn! Maar wie dan wel? Ze leest het hele bericht nog een keer over. Zal ze erop reageren of niet? Ze zit nog te twijfelen als van beneden de stem van haar moeder klinkt.

'Kom je eten?' roept ze.

'Ik kom eraan,' roept Chantal terug. Haastig sluit ze het mailprogramma af. Ze is opgelucht dat ze er even niet over hoeft na te denken.

HOOFDSTUK 5

'Riep je me?'

Met een schok wordt Chantal wakker. Flarden van een droom trekken zich haastig terug in het onbereikbare deel van haar geest. Maar net voordat de laatste beelden haar dreigen te ontglippen, weet ze er een vast te houden. Voor haar is een grote ruimte zonder zichtbare begrenzingen. Er hangt een dichte mist waaruit opeens Dylan tevoorschijn komt. Ze strekt haar armen naar hem uit en roept luid zijn naam.

Dan pas ziet Chantal haar moeder in de deuropening staan. 'Hè, w... wat is er?' hakkelt ze.

'Ik dacht dat je me riep,' zegt haar moeder. 'Maar dat was zeker in je droom?'

Chantal wendt gauw haar hoofd af en tuurt met samengeknepen ogen op haar wekkerradio. 'Is het al zo laat?' zegt ze.

'Elf uur, ja. Ik heb je maar laten slapen. Je zag er gisteravond zo moe uit. Wij hebben al ontbeten, maar alles staat nog op tafel. Als je wilt, doe ik nog een paar afbakbroodjes in de oven.'

'Ja, lekker,' zegt Chantal mat.

Haar moeder trekt de kamerdeur achter zich dicht en een ogenblik later gaan haar voetstappen de trap af.

Chantal sluit haar ogen, maar de droom is verdwenen en wat ze ook doet, ze kan hem niet meer terughalen. Ze overweegt even om op te staan, maar haar lichaam wil nog niet. Bovendien duurt het nog wel een kwartier voordat de broodjes klaar zijn. Ze zucht. Het liefst zou ze blijven liggen en dan nog een paar uur slapen, zo moe is ze.

Ze had dat mailtje gisteravond ook niet moeten openen. Ze had er niet door in slaap kunnen komen en toen ze uiteindelijk sliep, rolde ze van de ene nachtmerrie in de andere.

Wie haalde het toch in zijn hoofd om zich voor te doen als Dylan? Wie bedacht er zulke zieke teksten? Dat hij het bijna had opgegeven omdat ze niet had teruggemaild. Dat hij wel begreep dat ze verder wilde met haar leven en dat ze hem dan maar moest vergeten. Alsof ze dat kon!

Het klonk alsof dit het laatste mailtje was, alsof de afzender niet verwachtte dat ze zou antwoorden. Dat had ze dan ook maar niet gedaan.

Toch kan ze het niet uit haar hoofd zetten: hoe was het mogelijk dat iemand zo goed Dylans stijl wist te imiteren. Als het Dylan zelf niet was, dan moest het iemand zijn die hem heel goed had gekend. Iemand die zijn e-mail gehackt had en zich nu voor hem uitgaf.

In gedachten gaat ze alle vrienden en kennissen nog eens na. Wie van hen heeft er zo de pest aan haar dat hij of zij haar op zo'n morbide manier probeert te kwetsen? Of is het iemand die ze zelf erg gekwetst heeft? Misschien een jongen die ze heeft afgewezen ...

Opeens houdt ze haar adem in. Luuk! Hoe vaak heeft ze niet laten blijken dat ze niets van hem moest hebben? Als hij haar iets te drinken aanbood, weigerde ze meestal en als hij met haar wilde dansen, had ze altijd een smoes: ze zou net wat met Dylan gaan drinken, ze was moe, ze had pijn in haar voeten ...

Zou Luuk erachter zitten? Hij studeerde informatica en verzorgde de website van de band en kende dus ook haar e-mailadres. Voor hem moest het een eitje zijn om berichten met Dylans e-mailadres vanaf een andere computer te versturen. Opeens gaat haar een licht op. Als hij achter die mailtjes zat, dan klopten die gemene verdacht-makingen over Dylan natuurlijk ook niet. Wat een rotzak om met zijn schijnheilige gezicht bij hen op dat terrasje te komen zitten.

Ze springt uit bed en zet haar computer aan. Terwijl ze wacht tot hij is opgestart, schiet ze in haar kleren.

Voordat ze haar mailprogramma opent, aarzelt ze toch een moment. Als er maar geen nieuwe mail binnenkomt, want dat kan ze nu even niet hebben, maar er gebeurt niets. Ze opent het laatste mailtje en klikt op 'Beantwoorden'.

*Ik heb je door, Luuk! Jíj zit achter die mailtjes! Doen alsof ze van Dylan komen, hè? Hoe ziek kan iemand zijn? Hou daar alsjeblieft mee op. En als je dat niet doet, dan ga ik naar de politie. Dit heet stalken en dat is strafbaar.*

*Chantal*

Ze leest het nog een keer over en net als ze het wil versturen, ziet ze dat Dylans mailadres erboven staat. Ze verandert het in dat van Luuk. Zo moet hij toch begrijpen dat ze hem doorheeft! Een seconde later is het bericht verzonden en sluit ze haar computer af.

Ze staat juist op het punt om naar beneden te gaan, als de beltoon van haar mobieltje klinkt. Luuk ... Met een bonzend hart haalt ze het tevoorschijn, maar het is Roos. 'Hoi,' zegt ze.

'Hoi.' Roos' stem klinkt opgelucht. 'Ik ben blij dat je niet meer boos op me bent. Ik wilde je niet ...'

'Al goed,' onderbreekt Chantal haar. 'Weet je dat ik weer een paar mailtjes heb gekregen? Weer zogenaamd van Dylan, maar ik weet nu wie erachter zit.'

'Wie dan?'

'Luuk.' Chantal zwijgt afwachtend.

'Hoe weet je dat?'

Chantal aarzelt even. 'Omdat hij een kei is in computers,' zegt ze. 'Ik heb een beetje op internet rondgesnuffeld en het schijnt heel makkelijk te zijn om een mailprogramma te hacken.' Ze vertelt wat er in het laatste mailtje stond en wat ze heeft geantwoord.

'Doen, hoor,' zegt Roos. 'Gewoon naar de politie gaan als hij niet ophoudt.'

'Ja.' Chantal zucht. 'En wat moet ik dan tegen ze zeggen?'

'Dat Luuk je rare mailtjes stuurt waarin hij doet alsof ze afkomstig zijn van je overleden vriend.'

'Hoe moet ik dat bewijzen? Boven alle mailtjes staat Dylans e-mailadres.'

'De politie begrijpt toch wel dat Dylan ze niet gestuurd kan hebben.'

'Nee, natuurlijk niet.' Chantal zucht.

'Kijk alsjeblieft uit,' gaat Roos opeens verder. 'Luuk spoort niet helemaal volgens mij. Ik vond hem gisteren ook behoorlijk opdringerig. Wat zei hij eigenlijk allemaal tegen je?'

'Niks bijzonders,' antwoordt Chantal terughoudend. 'Hij ...'

Beneden hoort Chantal haar moeder roepen dat de broodjes koud worden. 'Ja, ik kom zo!' roept ze terug. 'Ik moet ophangen, Roos,' zegt ze. 'Het ontbijt staat klaar. Mijn moeder heeft broodjes gebakken.'

'Lekker,' zegt Roos. 'Zal ik straks naar je toe komen?'

Chantal aarzelt even. 'Ik was eigenlijk van plan om vanmiddag bij de band langs te gaan.'

'O.'

Chantal hoort de teleurstelling in Roos' stem. 'Als ik terug ben, dan bel ik je wel.'


Beneden is alleen haar kant van de tafel gedekt. Er staat een pot met thee en op haar bord liggen twee broodjes onder een theedoek. Ze snijdt ze doormidden en smeert er boter op.

Terwijl ze zit te eten, komt haar moeder uit de tuin de keuken binnen.

'Zo, lekker uitgeslapen?' vraagt ze.

Chantal knikt alleen.

'Ga je straks mee naar oma?'

Chantal weifelt even. 'Nee, ik moet nog douchen,' zegt ze dan, 'en ik heb nog een hele hoop huiswerk.'

'Maar we gaan vanmiddag pas, als pap terug is met Robin.'

'Waar zijn ze naartoe?'

'Robin heeft een voetbalwedstrijd, dat weet je toch?'

'O, ja.'

'Dus je gaat mee?'

Chantal schudt haar hoofd.

'Maar je bent al zo lang niet bij oma geweest.' De stem van haar moeder klinkt verwijtend.

'Morgen ga ik wel naar haar toe,' zegt Chantal. Dan besluit ze het maar te vertellen. 'Vanmiddag zou ik bij de band langsgaan.'

'O? Ga je weer zingen?'

'Misschien ...'

'Dat zou goed voor je zijn, lieverd. Je had er altijd zo'n plezier in.'

'Ik zie wel.' Haastig werkt Chantal haar laatste broodje naar binnen. Dan gaat ze weer gauw naar boven en verdwijnt de badkamer in.

Tegen tweeën is ze op weg naar de oefenruimte van de band. Als ze haar fiets tegen de gevel van de oude fabriekshal zet, is het even of ze terug is in de tijd. Op de grauwe muur zit nog steeds dezelfde graffiti en in de hoek bij de zijingang ligt nog steeds een hoop bladeren, vermengd met plasticafval en oude kranten. De deur zit niet op slot.

Als Chantal hem opent, komen haar de gedempte klanken van

een drumsolo tegemoet. Ze aarzelt. De ondergrondse ruimte waar de band oefent, heeft haar altijd een beetje benauwd. Het ontbreken van daglicht was nog het minste. Vooral de afmetingen ervan beangstigden haar. Omdat het geluid daardoor slecht was, hadden de bandleden een deel van de ruimte met houten schotten afgescheiden. Maar het nam haar gevoel van wat erachter zat niet weg. Zelfs niet toen alles bekleed was met eierdozen en in leuke kleuren was gespoten.

De deur naar de trap staat op een kier. Ze opent hem en doet het licht aan. Terwijl ze naar beneden gaat, ruikt ze weer de muffe geur van vochtig beton.

Opeens begint de band een van de bekende nummers te spelen. Chantal verstart. Dan dringt het tot haar door dat ze een andere gitarist hebben. Dezelfde akkoorden, dezelfde melodie, toch klinkt het anders. In elk geval klinkt het minder goed dan Dylan. Wie zou het zijn?

Langzaam daalt ze verder de trap af. Voor de deur blijft ze staan luisteren. De heldere meisjesstem die plotseling inzet, verrast haar volkomen. Het is een song die zij een van de laatste keren heeft gezongen! Verontwaardigd blijft ze staan luisteren. Ze hebben gewoon een ander in haar plaats genomen! Het steekt haar meer dan ze zichzelf wil toegeven. Ze hebben niet alleen Dylan, maar ook haar vervangen.

Ze wil weglopen, maar bedenkt zich. Met een zwaai gooit ze de deur open. Terwijl de een na de ander ophoudt met spelen, zoeken haar ogen de gitarist. Ze kent hem niet. Het meisje dat achter de microfoon staat ook niet.

Thomas is de eerste die zijn mond opendoet. 'Hé, Chantal, hallo. Fijn je weer te zien.' Hij komt achter zijn synthesizer vandaan en glimlacht een beetje beschaamd. 'Ik was al een poosje van plan om bij je langs te gaan. Ik wilde je vertellen dat we een nieuwe gitarist hadden gevonden, maar ik stelde het telkens uit. Ik was bang dat je …'

'Laat maar.' Chantal wuift zijn woorden weg. 'Ik begrijp het wel.' Ze legt haar handen op zijn schouders en kust hem op allebei de wangen.

Dan komen de andere drie ook naar haar toe. Hun gezichten staan opgelucht. Er wordt gekust en ze verwelkomen haar alsof ze haar jaren niet hebben gezien. Ze voelt opeens hoe ze de verbondenheid en de warmte van de band heeft gemist en even is het weer net als vroeger, maar toch is de sfeer anders.

Thomas wenkt de gitarist. Een tikje onhandig stelt hij de jongen aan haar voor als Kevin. 'Hij is lang niet zo goed als Dylan, hoor,' voegt hij er met een scheef lachje naar Kevin aan toe, 'maar hij leert het nog wel.'

Chantal kijkt naar het meisje dat zich wat afzijdig houdt.

'O, en dat is Melissa,' zegt Thomas.

Chantal groet haar met een knikje. Melissa groet terug, maar haar ogen staan afwerend.

'Ze vervangt jou tijdelijk,' gaat Thomas verder, 'maar zodra jij je weer in staat voelt om te zingen …' Hij legt zijn hand even op haar arm. 'Je moet het maar zeggen, hoor.'

Chantal schudt haar hoofd. 'Voorlopig niet. Trouwens, jullie hebben nu toch iemand? En ze heeft een mooie stem.' Ze werpt Melissa een wat geforceerd glimlachje toe, dan richt ze zich weer tot Thomas. 'Hebben jullie nog hetzelfde repertoire?'

'Ja, maar wel aangevuld met een paar nieuwe nummers. Wil je er een horen?'

'Straks misschien.'

Thomas knikt. 'Zullen we een pauze inlassen?' roept hij. Terwijl hij naar de oude koelkast in de hoek loopt, vraagt hij aan Chantal: 'Wat wil je drinken? We hebben alleen cola en bier.'

'Cola graag,' antwoordt ze.

Ze kijkt naar Melissa, die op een van de aftandse banken is gaan zitten. Zou ze alleen covers zingen, of ook de nummers van Dylan? Chantal moet er niet aan denken. Van zijn songs moet ze afblijven, vooral van die die hij speciaal voor haar heeft geschreven.

Na een korte aarzeling gaat ze naast haar zitten. 'Welke nummers zijn jullie vandaag aan het repeteren?' vraagt ze.

Melissa noemt er een paar. De songs van Dylan zitten er niet bij.

'Dat laatste is toch een duet?' vraagt Chantal.

Melissa knikt.

'Met wie zing je dat samen?'

'Met Thomas. Onze stemmen passen goed bij elkaar.'

Chantal ziet hoe Melissa's blik zoekend door de ruimte glijdt. Als ze Thomas in het oog krijgt, haalt ze snel even haar vingers door haar lange haar. Een ogenblik later zet hij twee blikjes cola voor hen neer. Terwijl ze liefjes naar hem lacht, bedankt ze hem zangerig. Zouden die twee iets met elkaar hebben?

Er gaat opeens een steek van jaloezie door Chantal heen. Ze is er zelf verbaasd over. Ze zou blij moeten zijn voor Thomas. Sinds zijn vriendin het vorig jaar had uitgemaakt, was hij wat somber. De andere bandleden hadden allemaal verkering. Emiel ging al een tijdje met een meisje uit een parallelklas en de laatste keer dat ze Ruben zag, had hij ook iemand bij zich. Thijs had elke paar weken een ander. Wie het nu weer was, wist ze niet, maar hij had vast een vriendin.

'We zijn blij je weer te zien, hoor,' onderbreekt Emiel haar gedachten.

'Ja, we hebben je gemist.' Thomas komt naast haar zitten en trekt sissend zijn blikje open.

In de stilte die volgt, zit iedereen wat ongemakkelijk naar de grond te staren.

'Was Dylan er nog maar,' verzucht Ruben opeens. 'We missen hem nog steeds.' Hij neemt hoorbaar een paar slokken van zijn bier.

'Zonder Dylan was opeens de hele samenhang weg,' zegt Emiel. Hij werpt Chantal een treurig glimlachje toe. 'We hebben zelfs op het punt gestaan om de band maar op te doeken.'

'Maar gelukkig hoefde dat niet,' zegt Thijs, 'want Thomas kwam opeens met Kevin aan en die bracht Melissa weer mee. Jammer alleen dat Kevin geen teksten kan schrijven. Maar we zijn druk op zoek naar een nieuwe songwriter. Eentje die …'

'Dat heeft geen haast,' kapt Thomas hem af. 'We kunnen nog heel goed voort met ons oude repertoire.'

Er valt opnieuw een stilte.

'Red je het een beetje?' vraagt Thomas na een poosje.

Chantal knikt. 'Jawel.' Ze wil eigenlijk over de mailtjes beginnen, want daar komt ze tenslotte voor, maar ze weet niet goed hoe.

'Heb je ons laatste mailtje nog gehad?' vraagt Thijs. 'Dat we met de band op dat festival in Zandvoort mogen optreden?'

'Ja, ik heb het gezien. Leuk.' Chantal aarzelt. 'Ik heb er alleen niet op gereageerd, want mijn hoofd stond er niet naar. Ik krijg de laatste tijd aldoor van die rare mailtjes.' Ze kijkt tersluiks naar Thijs. 'Ze komen van iemand die zich uitgeeft voor Dylan.'

'Hè?' roept Thijs verbaasd.

Chantal haalt haar telefoon tevoorschijn en opent het mailtje dat ze gisteren ontvangen heeft. Ze laat het hem als eerste lezen, want ze wil zien hoe hij erop reageert.

Thijs' ogen glijden snel over de tekst. Hij grinnikt even. 'Het klinkt alsof het van een oude viezerik afkomstig is. Sorry, fout grapje,' verontschuldigt hij zich meteen. 'Dit is walgelijk. Doen alsof dit bericht van Dylan afkomstig is. Wie zoiets bedenkt, moet wel een hele grote klootzak zijn.'

Chantal zegt niets. Thijs' verontwaardiging lijkt oprecht. Áls zijn broer er al achter zit, dan weet Thijs daar blijkbaar niets van.

'Heeft die engerd je ook gebeld?' vraagt Ruben, die over de schouder van Thijs heeft meegelezen.

'Nee, gelukkig niet.'

'Ook geen sms'jes of whatsapp-berichtjes gehad?'

'Nee, maar hij schreef dat hij dat wel van plan was. Daarom heb ik gisteren mijn telefoonnummer veranderd.'

'Dat heb je toch niet op Facebook gezet, hè?'

'Nee, natuurlijk niet.'

'Laat mij dat mailtje eens zien?' vraagt Thomas. Als hij het heeft gelezen, zegt hij: 'Niet op antwoorden, hoor.'

'Dat doe ik ook niet,' antwoordt Chantal niet helemaal naar waarheid.

Thomas knikt. 'Ik zie dat het inderdaad met het e-mailadres van Dylan is verstuurd, maar dat zegt niets. Je kunt mailtjes versturen met een gefaket e-mailadres. Dat heet *spoofen*.'

'Ja, dat weet ik,' zegt Chantal. 'Ik las zoiets op internet.'

'Ik vraag me af waarom iemand zoiets doet,' zegt Emiel.

'Misschien gewoon uit verveling,' zegt Ruben.

'In elk geval is het iemand die kickt op dit soort ongein.' Thomas zet zijn lege blikje met een harde tik op het tafeltje voor hem. 'Iemand die Chantal bewust pijn wil doen.'

'Of juist iemand die zo verliefd op haar is dat het een obsessie is geworden,' oppert Thijs. 'Je hoort wel eens van vrouwen die gestalkt worden door een of andere ...'

'Ja, zo kan het wel weer,' zegt Thomas. 'Aan griezelverhalen heeft Chantal niets.'

Melissa buigt zich naar Thomas. 'Ze moet dat e-mailadres van Dylan blokkeren,' zegt ze, alsof Chantal niet gewoon tussen hen in zit. 'Dan is ze van die mailtjes af.'

'Dat heeft geen zin,' reageert Chantal bits, 'dan komen ze op mijn mobiel binnen.'

'Daar kun je het op een blacklist zetten,' zegt Ruben.

'Je kunt ook je eigen e-mailadres veranderen,' zegt Melissa.

Chantal doet of ze haar niet hoort. 'Ik heb net mijn telefoonnummer veranderd,' zegt ze tegen Thomas.

'Waarom?' vraagt hij.

'Ik wil voorkomen dat die vent me gaat bellen.' Ze haalt het formulier van de belwinkel uit haar zak en drukt het Thomas in zijn hand. 'Hier heb je mijn nieuwe nummer,' zegt ze alsof het alleen voor hem is bestemd.

Hij knikt en haalt zijn telefoon uit zijn zak. 'Ik zet het er meteen in.' Even later geeft hij haar het papier terug en tegelijk vraagt hij: 'Heb je nog meer mailtjes gehad?'

Chantal knikt. 'De meeste zijn vanaf Dylans iPhone verstuurd. Daarom dacht ik eerst dat Daphne erachter zat, maar haar ouders zeggen dat ze Dylans iPhone niet hebben. Ze denken dat hij uit zijn zak is gegleden, mogelijk in de disco en anders onderweg naar het ziekenhuis of nog later.'

Thomas fronst. 'Ik neem aan dat jouw mobiele nummer en e-mailadres daarin staan?'

Chantal knikt.

'Dan is dat het,' stelt Thomas vast. 'Iemand heeft Dylans iPhone gevonden en stalkt jou ermee. Het moet iemand zijn die jou kent en die weet dat jij Dylans vriendin bent ... eh ... was.' Thomas knippert even verschrikt met zijn ogen.

Chantal glimlacht flauwtjes. 'Heb jij een idee wie?' vraagt ze.

'Volgens mij moet dat te achterhalen zijn,' zegt Thijs. 'In elk geval wáár Dylans iPhone is.'

Thomas knikt. 'Je bedoelt via iCloud.'

'Ja. Ik weet dat hij een account heeft.'

'Daar kun je alleen bij als je zijn inlognaam en wachtwoord hebt,' zegt Thomas. Hij wendt zich tot Chantal. 'Weet jij die misschien?'

'Inlognaam en wachtwoord waarvan?' vraagt ze.

'Van zijn Apple-account. Als het goed is, heeft hij dat in zijn computer staan. Kun je daarbij komen?'

Chantal denkt aan haar laatste bezoek aan Dylans ouders. 'Ik ben bang van niet,' antwoordt ze.

'Jammer,' zegt Thijs. 'Want ik weet dat Dylan een iCloud-account heeft aangemaakt en als hij de functie "Zoek mijn iPhone" aan heeft staan, dan kunnen we erachter komen waar dat ding zich bevindt.' Hij grinnikt. 'Tot op een tiental meters nauwkeurig.'

'Huh,' zegt Kevin. 'Als degene die Dylans iPhone heeft gepikt een beetje slim is, dan heeft hij die functie allang uitgezet. En zeker als hij er rare mailtjes mee verstuurt.'

Verslagen kijken ze elkaar aan.

'Dan zullen we er op een andere manier achter moeten zien te komen wie die iPhone heeft,' zegt Thomas.

'De kans is het grootst dat dat toestel in de discotheek uit Dylans zak is gevallen en dan moeten we daar naar de stalker zoeken,' oppert Ruben.

'Dan wens ik je veel succes,' zegt Emiel. 'Hoeveel mensen komen daar elke week niet? Wilde je die allemaal ondervragen?'

'Nee, natuurlijk niet,' zegt Thomas kortaf. 'Ik zou allereerst willen weten of iemand die iPhone misschien bij de bar heeft afgegeven en als dat zo is, dan …'

'Dan hadden ze Dylans ouders wel gebeld dat hij was gevonden,' valt Emiel hem in de rede.

'Niet als Tycho dat ding heeft aangepakt,' mengt Kevin zich in het gesprek.

'Wie is Tycho?' vraagt Melissa.

'Een van de barkeepers. Ik ken hem en ik vertrouw hem voor geen cent. Je moet altijd uitkijken met hem. Als je wilt afrekenen, rekent hij meestal te veel. Als hij die iPhone heeft aangenomen, dan durf ik te wedden dat hij hem achterover heeft gedrukt. Zo'n ding is best veel geld waard.'

'Misschien heeft hij hem zelf wel gehouden,' zegt Melissa, 'en stuurt híj die mailtjes.'

'Wat klets je nou?' reageert Chantal opeens vinnig. 'Tycho zou zoiets nooit doen. Hij was een vriend van Dylan en ...'

'Een vriend?' onderbreekt Thijs haar schamper. 'Zo zag het er misschien uit, maar Tycho was gewoon Dylans dealer en ...'

'Hou je kop,' kapt Thomas hem af.

Het wordt doodstil in de oefenruimte.

Chantal ziet het beeld weer voor zich van Tycho die het flesje fris naar Dylan toe schuift en hem daarna iets in zijn handen drukt. GHB was vloeibaar en kon makkelijk worden opgelost in frisdrank ... 'Waarom heb ik het niet meteen gezien?' mompelt ze.

'Wat bedoel je?' Thomas ontwijkt haar blik.

Ze aarzelt even. 'Dat Dylan drugs gebruikte.'

Iedereen lijkt zijn adem in te houden.

'Wist je dat dan niet?' verbreekt Thijs de stilte.

Het is of Chantal Luuk weer hoort. 'Jij dan wel?' vraagt ze scherp.

Thijs knikt. Schichtig gluurt hij naar de anderen.

Niemand durft Chantal aan te kijken.

'We wisten het allemaal,' zegt Thomas opeens. 'In het begin beweerde Dylan dat het hem hielp bij het schrijven van songteksten, maar geleidelijk aan begon hij meer te gebruiken. De laatste tijd gebruikte hij GHB, gevaarlijk spul. We hebben er vaak genoeg wat van gezegd, maar hij wilde het niet horen. Hij zei dat hij precies wist hoever hij kon gaan.'

'Waarom hebben jullie het me niet verteld!' roept Chantal opeens uit. Er springen tranen in haar ogen.

'Omdat we dachten dat je het wist,' zegt Ruben. 'We dachten alleen dat je er niet over wilde praten.'

Thijs knikt. 'Je zult toch zelf ook wel iets aan hem hebben gemerkt?'

Chantal schudt kort haar hoofd.

'Je weet toch dat hij de laatste tijd aldoor te laat kwam als we gingen oefenen?' gaat Thijs verder. 'Hoe vaak zaten we niet op hem te wachten totdat hij kwam? En als hij er dan eindelijk was, dan had hij zijn hoofd er niet bij, dan was hij zo stoned dat hij ...'

'Als jullie het allemaal wisten, waarom hebben jullie dan niets gedaan?' roept Chantal opeens heftig. 'Jullie hadden er toch wel voor kunnen zorgen dat hij van de drugs af bleef?' Ze gaat steeds harder praten. 'Maar jullie konden alleen maar op hem vitten: Waarom ben je zo laat? Waar blijft die songtekst nou? Wat speel je weer ongeïnspireerd. Dylan werd daar hartstikke depressief van. Logisch dat hij naar de drugs greep!' Ze weet dat er iets niet klopt in haar redenering, maar ze kan niet meer ophouden. 'Jullie hebben hem veel te veel onder druk gezet! En daarna hebben jullie hem gewoon laten barsten.' Huilend slingert ze de verwijten in hun gezicht. 'En nu is het te laat! Dylan is dood! Hij komt nooit meer terug.' Verblind door tranen rent ze de oefenruimte uit.

# HOOFDSTUK 6

Zo hard als ze kan, fietst ze weg, alsof ze op de vlucht is. Zonder te weten waarheen slaat ze links- en rechtsaf. Ze zigzagt tussen het drukke zaterdagverkeer door en negeert alle stoplichten. Auto's toeteren nijdig als ze er vlak voor langs schiet. Even twijfelt ze bij de kruising waar ze meestal rechtsaf slaat, maar ze wil niet naar huis. Ze gaat rechtdoor. Langzaamaan wordt het minder druk.

Pas als ze de laatste huizen achter zich heeft gelaten, beseft ze dat ze op weg is naar de duinen, de omgeving waar ze meestal tot rust komt. Toen Dylan pas was overleden, ging ze er vaak heen. Het bezoeken van de plekken waar ze samen waren geweest, gaf haar troost. Misschien kan het haar nu ook kalmeren.

Ze neemt de toegang waar ze gewoonlijk het duingebied in gingen. Op het parkeerterrein zet ze haar fiets op slot. Ze wil net het pad inslaan dat naar het duinmeertje loopt, als haar mobieltje gaat. Ze slikt. Zou het Luuk zijn? Nee, dat kan niet. Alleen haar ouders weten haar nieuwe nummer en Thomas …

'Hallo,' zegt ze alleen.

'Chantal?' klinkt het aan de andere kant van de lijn.

Ze herkent de stem van Thomas. 'O, ben jij het,' zegt ze.

'Ja.'

Er bekruipt haar een vaag schuldgevoel. 'Wat is er?'

Het blijft even stil.

'Je was zo overstuur,' zegt Thomas dan. 'Ik maakte me een beetje ongerust.'

'Dat hoeft echt niet.' Chantal hoort zelf hoe onaardig haar woorden klinken. 'Sorry,' zegt ze haastig, 'zo bedoel ik het niet.' Net wil ze zeggen dat ze ook spijt heeft over haar uitval van daarnet, als er boven haar hoofd een paar meeuwen beginnen te krijsen. Ze kijkt omhoog.

'Waar ben je?' hoort ze Thomas vragen.

'In de duinen,' zegt ze na een korte aarzeling.

'Alleen?'

'Ja.'

Opnieuw valt er een stilte.

'Zal ik naar je toe komen?' vraagt Thomas opeens.

Chantal weifelt even. 'Nee, ik wil liever alleen zijn.'

'Ja, dat begrijp ik.'

Chantal stelt zich voor hoe Thomas knikt.

'Ik wil het eigenlijk nog een keer met je over die mailtjes hebben,' gaat hij verder. 'Ik zou kunnen proberen te achterhalen wie ze echt heeft verstuurd.'

'Ja, dat is goed,' zegt Chantal, 'alleen dan graag een andere keer. Ik bel je wel.'

'Vanavond?'

'Ik zie wel.'

'Oké.' Thomas' stem klinkt aarzelend.

'Ik beloof je dat ik je bel.' Meteen verbreekt Chantal de verbinding. In gedachten loopt ze verder. Thomas is een aardige jongen. Hij was Dylans beste vriend, maar een paar maanden voor zijn dood leek het of die vriendschap begon te bekoelen. Lag dat aan Dylan? Hij was in die tijd behoorlijk kort aangebonden. Ze dacht toen nog dat het door de ruzies met zijn vader kwam. Dylan ontliep hem door zo weinig mogelijk thuis te zijn. In die zelfde tijd kreeg hij ook andere vrienden, met wie hij 's avonds de stad in trok. Op een keer had Dylan zich laten ontvallen dat hij van een van hen een paar pilletjes had gehad. Was hij daardoor aan de drugs geraakt?

Waarom ging er toen geen lichtje bij haar branden? Iedereen

leek te weten wat er met Dylan aan de hand was, alleen zij niet. Er wellen tranen in haar ogen op. Was ze dan zo onnozel? Of wilde ze het soms niet weten?

Ze had toch aanwijzingen genoeg. Hoe vaak had ze niet gezien dat Dylans ogen vreemd stonden. Toen ze er een keer wat over zei, lachte hij het weg. Hij zei dat hij net had geblowd en ze liet zich maar al te graag door zijn woorden sussen. Ze geloofde hem als hij zei dat het sterkere spul niets voor hem was. Nee, ze wílde hem geloven. De gedachte dat hij misschien iets anders gebruikte dan een paar jointjes, had ze altijd snel weer weggestopt. Ze durfde er niet over te beginnen omdat ze bang was hem anders kwijt te raken.

Maar waarom had Dylan haar dan niet in vertrouwen genomen? Plots herinnert ze zich wat er in het laatste mailtje stond: *ik probeerde het voor je verborgen te houden omdat ik me schaamde …*

Ze weet dat Dylan het niet geschreven kan hebben, maar het zou zo van hem kunnen komen. Zou hij zich inderdaad hebben geschaamd? Maar dan toch niet voor haar? Of júíst voor haar?

De tranen lopen opeens over haar wangen. Kende ze Dylan dan zo slecht?

Ze moet weer denken aan de verwijten die ze de bandleden heeft gemaakt, dat ze Dylan gewoon hebben laten barsten. Maar in feite heeft ze dat zelf ook gedaan.

Kon ze de tijd maar terugdraaien. Dan zou alles heel anders zijn gelopen. Dan zou ze zich niet meer door Dylan voor de gek laten houden. Dan zou ze met hem praten en hem helpen om van de drugs af te blijven. Wat de bandleden niet was gelukt, zou haar wel zijn gelukt. Hij hield immers van haar?

Opeens klinken er stemmen. Haastig droogt Chantal haar tranen. Om de bocht verschijnen een man en een vrouw, gevolgd door een hele groep kinderen. Ze zijn beladen met tassen en parasols. Een verjaarspartijtje? In het voorbijgaan glimlacht de vrouw even naar Chantal. Ze glimlacht verkrampt terug.

Als de laatste kinderen voorbij zijn, kijkt Chantal op haar horloge. Vijf over drie pas. Wat moet ze de rest van de dag doen? En morgen? Toen Dylan er nog was, kwam ze elk weekeinde tijd te kort. Nu houdt ze tijd over.

Even later komt ze bij het duinmeertje aan. Hoewel het nog fris aanvoelt, is het er druk. Ze heeft geen zin om met haar betraande gezicht tussen al die mensen te gaan zitten. Trouwens, ze heeft niet eens een badlaken bij zich. Een bal stuitert in haar richting. Ze schopt hem terug en besluit dan om door te lopen naar de duinpan, waar ze vaak met Dylan heen ging toen ze elkaar nog maar pas kenden.

Als ze eindelijk hijgend boven op het duin staat, blijkt hij bezet te zijn. Op een groot badlaken liggen een jongen en een meisje in een innige omhelzing. Een beetje gegeneerd blijft Chantal staan.

Opeens ziet ze dat de jongen zijn haar net zo heeft als Dylan. Ze herinnert het zich meteen weer. Op een dag had hij tegen haar gezegd dat hij dreadlocks wilde. Hoewel hij het ontkende, wist Chantal dat hij het alleen deed om zijn vader te sarren. En die was inderdaad woest geweest.

Alsof de jongen voelt dat er naar hem gekeken wordt, richt hij zich opeens op. 'Kun je het zien?' roept hij Chantal nijdig toe.

Even is ze van haar stuk gebracht, dan draait ze zich om en rent door het mulle zand de helling weer af. Als ze op het pad onder aan het duin staat, kijkt ze nog een keer om. Niemand. Met een vervelend gevoel loopt ze terug. Ze herinnert zich weer die laatste keer dat ze daar samen met Dylan gelegen heeft en opeens wordt ze boos. Die twee hebben gewoon hún duinpan ingepikt! Hún geheime plek! De plek waar ze het voor het eerst met elkaar hebben gedaan ...

Als ze het huis binnenstapt, komt de stilte haar tegemoet. Waar is iedereen? Dan weet ze het weer. Oma. Op de tafel ligt een briefje: *We zijn naar oma. We zijn ongeveer om zes uur thuis. Je hoeft niets aan het eten te doen, want we nemen Chinees mee. Tot straks. Mam.*

Ze blijft weifelend met het briefje in haar hand staan. Haar horloge geeft aan dat ze nog ruim twee en een half uur heeft. Zal ze haar huiswerk gaan maken of … Opeens denkt ze aan het mailtje dat ze Luuk heeft gestuurd. Zou hij gereageerd hebben?

Ze haast zich naar boven, maar aarzelt voordat ze haar computer aanzet. Als ze haar mailprogramma opent, komen er meteen een aantal berichten binnen. Een ervan is van Luuk afkomstig en een ander is weer verstuurd met Dylans e-mailadres. Dat is raar. Als Luuk achter die mailtjes zit, dan moet hij nu toch begrijpen dat ze hem doorheeft? Waarom stuurt hij dan toch weer een mailtje, alsof het van Dylan komt? Welk zal ze als eerste openen? In een opwelling klikt ze op dat van Luuk.

*Hey Chantal,*

*Hoe kom je erbij dat ik je dat mailtje zou hebben gestuurd? Ik vraag me alleen af wie het dan wel heeft gedaan. Ik in elk geval niet. Geloof me. Ik zou het niet in mijn hoofd durven halen om zoiets afschuwelijks te doen.*

*Bel me alsjeblieft, dan praten we erover.*
*Luuk*

Chantal staart naar de tekst. De woorden klinken o zo oprecht, maar op een of andere manier vertrouwt ze Luuk niet. Zal ze hem terug-mailen? Nee, ze wil eerst weten wat er in Dylans mailtje staat. Ze sluit even krampachtig haar ogen. Nee, het is natuurlijk niet van Dylan, het is van iemand anders. Dat weet ze heus wel. Het is van iemand die haar het leven zuur probeert te maken. Ze had het e-mailadres ook meteen moeten blokkeren. Even staat ze op het punt om het bericht gewoon te verwijderen, dan wint haar nieuwsgierigheid het.

*Liefste,*

*Ik probeer het nog maar een keer, want ik ben een heel stuk verder gekomen. Ze zeggen hier dat het mogelijk moet zijn om elkaar weer te ontmoeten. Maar dat schijnt alleen te kunnen op de plaats waar we elkaar voor het laatst hebben gezien. Dat is dus in Club Taenarum. Ik begrijp dat het de laatste plaats is waar je naartoe wilt. Toch hoop ik dat je je eroverheen kunt zetten. Mail me alsjeblieft terug.*

*Ik verlang naar je.*
*Dylan*

Chantal staart als lamgeslagen naar het scherm. Ze leest het bericht nog een keer over. Het moet van iemand zijn die Dylan goed kende, want als ze het leest, is het net of ze hem hoort praten. Het is helemaal zijn stijl. Als dit ook van Luuk is, dan is het wel een heel geraffineerde streek. Maar het kan net zo goed van een van Dylans andere vrienden zijn. In elk geval is de schrijver een volhouder.

Nijdig klikt ze op 'Beantwoorden' en begint te typen.

*Ik weet niet wie je bent, maar wil je hier alsjeblieft mee ophouden? En je hoeft ook niet te denken dat ik naar Club Taenarum kom. Ik zet geen voet meer in die discotheek.*
*Ik wil ook niets meer van je horen. Weliswaar kun je de stijl van Dylan*

*aardig imiteren, maar ik laat me niet door jou voor de gek houden. Jij bent Dylan niet. Dylan is er niet meer. Ik zal hem nooit meer terugzien.*

Zonder het over te lezen verzendt ze het bericht. Er staan tranen in haar ogen. Ze moet zijn e-mailadres blokkeren. Zo kan het niet langer. Ze is nog aan het zoeken hoe dat moet, als er een nieuw bericht binnenkomt. Ze opent het onwillekeurig.

*Liefste,*

*Hoe kan ik je overtuigen dat ik het wél ben? Is het bewijs genoeg als ik je vertel dat er een moedervlek zit op je buik net naast je navel? Behalve je ouders zullen er maar weinig mensen zijn die dat weten. Ook zou ik je kunnen vertellen over de dingen die we samen hebben gedaan. O ja, weet je nog die avond in onze duinpan? Voor jou was het de eerste keer dat we ...*

Totaal van streek klikt Chantal het bericht weg. Hoe weet de afzender dat allemaal? Van die moedervlek weten meer mensen. Als ze haar bikini aanheeft, is hij duidelijk te zien, maar wat er toen in die duinpan is gebeurd, weet niemand. Tenzij Dylan er met anderen over heeft gesproken ...

Ze moet de gedachte even tot zich door laten dringen. Dylan die het met anderen over hun eerste intieme samenzijn heeft gehad, die er misschien wel over heeft zitten opscheppen dat hij haar eindelijk zover heeft gekregen. Zou hij dat vaker hebben gedaan?

Ze stelt zich voor hoe hij met een paar van zijn twijfelachtige vrienden aan een bar zit en in een dronken bui – of was het onder invloed van drugs – vertelt hoe lekker het was en hoe ze kreunde van genot.

Er komt opeens een woede in haar naar boven die ze niet van zichzelf kent. Ze voelt zich verraden. Hoe kon Dylan iets wat alleen van hen samen was zo bezoedelen? Het is alsof hun liefde niets voorstelde, alsof Dylan haar alleen maar aan het lijntje hield omdat ze zo lekker neukte en om er daarna over op te scheppen.

Maar in het begin was hij toch niet zo? Toen was hij heel gelukkig. Maar wanneer is het dan fout gegaan? Ze kan zich geen exact moment herinneren. Het was eigenlijk heel sluipend gegaan. Hij rookte zo nu en dan wel een joint, maar verder niet. Ze herinnert zich nog hoe ze hem op een keer recht op de man af vroeg of hij ook wel eens iets anders gebruikte. Hij had verontwaardigd gereageerd: 'Ik? Hoe kom je daar nu bij? Daar begin ik niet aan.'

Dat was dus een leugen geweest. Wat hield hij nog meer voor haar verborgen?

Opeens hoort ze beneden de telefoon overgaan. Ze haast zich naar de slaapkamer van haar ouders, waar een tweede toestel staat. Het zal haar moeder wel zijn, maar het nummer op de display herkent ze niet. 'Hallo,' zegt ze aarzelend.

'Hoi, met Luuk.'

Chantal verstrakt. 'Ja?' zegt ze afwerend.

'Ik bel je maar op jullie vaste telefoon, want ik kon je niet op je mobiele nummer bereiken.'

Chantal houdt even haar adem in. 'Dat kan kloppen,' zegt ze dan, 'mijn gsm is stuk.' En om tijd te winnen voegt ze eraan toe: 'Ik loop even naar mijn kamer.' Ze doet de deur duidelijk hoorbaar achter zich dicht. 'Ja, ik ben er,' zegt ze.

Luuk steekt meteen van wal. 'Ik wilde eigenlijk met je praten over dat mailtje dat ik van je ...'

'Ik niet,' kapt ze hem af.

'Ja, maar ik weet van niets! Die e-mail die eronder hangt, is niet van mij! Trouwens, ik zag dat hij verstuurd was met het e-mailadres van Dylan.'

'Ja, dat klopt.'

'Waarom heb je het antwoord dan naar mij gestuurd?'

Chantal weet even niet wat ze moet zeggen. 'Om... omdat ik dacht dat jij het mailtje had gestuurd,' hakkelt ze.

'Met Dylans e-mailadres zeker.'

'Ja, dat kun je toch *spoofen*?'

Het blijft even stil aan de andere kant van de lijn. Dan hoort Chantal een lachje. 'Je bent aardig op de hoogte,' zegt Luuk dan. 'Maar ik heb je dat mailtje echt niet gestuurd. Ik haal wel eens een geintje uit met mensen, maar dit is niet mijn stijl.'

Er klinkt een sissend geluid als van een blikje dat wordt opengetrokken.

'Heb je soms meer van dit soort mailtjes ontvangen?' vraagt Luuk verder.

Chantal aarzelt weer even. 'Ja,' zegt ze dan. Opeens bedenkt ze iets. 'Zit je op het ogenblik achter je computer?' vraagt ze.

Luuk lacht kort. 'Nee, ik zit lekker op mijn balkon met een biertje voor me.'

Chantal hoort verkeersgeluiden op de achtergrond. Luuk woont aan een drukke straat, dus wat hij zegt, kan kloppen. 'Heb je niet net zitten mailen?' vraagt ze.

'Nee. Hoezo? Heb je soms weer zo'n vervelend mailtje gekregen?' Luuks stem klinkt zo meelevend dat het Chantal in de war brengt. Had hij er dan toch niets mee te maken? Zou ze zich vergist hebben, net als met Daphne?

'Of wil je het me niet vertellen?' hoort ze Luuk zeggen.

'Jawel ...'

'Mag ik ook vragen wat erin stond?'

'Ach, allemaal onzin.'

'Blijkbaar toch niet zo'n onzin dat het jou behoorlijk van streek heeft gemaakt. Ik hoor het aan je stem. Kun je me er een paar opsturen?'

Daar moet Chantal toch even over nadenken. Ze vertrouwt Luuk nog steeds niet helemaal. Daarom wil ze niet dat hij die mailtjes in handen krijgt. Wie weet wat hij ermee gaat doen. 'Ik zal er wel een voorlezen,' zegt ze dan.

'Ook goed,' zegt Luuk.

Ze gaat achter haar computer zitten en klikt het laatste mailtje weg. In plaats daarvan opent ze het een na laatste. Als ze het heeft voorgelezen, blijft het stil aan de andere kant van de lijn.

'Ben je er nog?' vraagt Chantal.

'Ja.'

'En? Wat vind jij ervan?'

Luuk geeft niet meteen antwoord. 'Bizar,' zegt hij dan. Na een nieuwe stilte gaat hij verder: 'Degene die je dit gestuurd heeft, moet behoorlijk verknipt zijn. Je hebt toch niet geantwoord, hè?'

'Jawel.'

'Stom. Had je beter niet kunnen doen. Zo iemand wordt op die manier alleen maar getriggerd om door te gaan. Wat heb je geantwoord?'

Chantal moet het mailtje even opzoeken.

'Hij heeft zeker meteen weer teruggemaild?' vraagt Luuk als ze het uit heeft.

Chantal zucht. 'Ja.'

'Wat schreef hij?'

'Ik weet het niet meer,' liegt ze. 'Ik heb het meteen gewist.'

'Dan moet de inhoud vrij heftig zijn geweest.'

'Hmm,' zegt ze alleen. Opeens schiet haar iets te binnen. 'Heeft

Dylan het wel eens over mij gehad? Ik bedoel, met jou en je vrienden …
eh … ik bedoel, als ik er niet bij was.'

'Ja, natuurlijk,' antwoordt Luuk. 'We hadden het vaak over meiden
en dus ook wel over jou.'

Chantal ademt diep in om moed te vatten. 'Ook over intieme
dingen?'

'Over seks, bedoel je?'

'Ja.'

Luuk lacht kort. 'Dat is zo'n beetje het enige waar jongens over
praten.' Als Chantal niet reageert, vraagt hij: 'Schokt dat je?'

Het duurt even voordat ze antwoord geeft. 'Nee, eigenlijk niet.'

Een poosje zeggen ze geen van beiden iets.

'Ging dat laatste mailtje daar soms over?' vraagt Luuk opeens.

'Ja, onder andere.'

'Het moet dus afkomstig zijn van iemand aan wie Dylan dat
soort dingen vertelde … Ik kan me alleen niet goed voorstellen dat
er iemand uit ons vriendengroepje jou daar rare mailtjes over zou
sturen, hoewel er wel vreemde figuren bij zitten … Maar Dylan had
meer vrienden, ook in de drugsscene …'

Chantal verstijft.

'Die mailtjes waren toch verzonden met Dylans e-mailadres?'
vraagt Luuk als ze blijft zwijgen.

'Ja, de meeste vanaf zijn iPhone.'

Luuk zegt even niets. 'Wie heeft die eigenlijk?' vraagt hij dan.

'Die is zoek,' antwoordt Chantal. 'Heeft Thijs je dat niet verteld?'

'Nee, ik heb mijn broertje sinds vanmorgen niet meer gesproken.'

Luuks stem klinkt oprecht. Daarom speelt ze maar open kaart. 'Ik
ben vanmiddag bij de band langs geweest.' Ze vertelt wat er allemaal
is besproken.

'Hmm,' zegt Luuk. 'Het ziet er inderdaad naar uit dat de iPhone van Dylan in verkeerde handen terecht is gekomen en Kevin kan wel eens gelijk hebben dat Tycho hem heeft en dat hij jou daarmee stalkt.'

'Waarom Tycho?'

'Omdat hij op je valt. Heb je dat nooit gemerkt? Zijn ogen rollen zowat uit zijn kop als hij je ziet.'

'Maar waarom doet hij dan alsof Dylan die mailtjes stuurt?'

'Omdat hij …' Luuk valt weer even stil. 'In dat laatste mailtje werd toch gevraagd of je naar Club Taenarum wilde komen?' gaat hij verder.

'Ja.'

'Daar kun je dan beter niet op ingaan. Als Tycho erachter zit, dan moet je uitkijken, want die vent is hartstikke geschift.'

'Hoezo?'

Luuk lacht schamper. 'Hij snoept te veel van zijn eigen pilletjes.'

'Hoe weet je dat?'

'Ik ken een ex-vriendin van hem en de verhalen die ze over hem vertelt …'

'Jij gaat er aldoor van uit dat Tycho me die mailtjes stuurt,' onderbreekt Chantal hem, 'maar dat hoeft helemaal niet. Het kan net zo goed iemand anders zijn.'

'Dat kan. Als je het goedvindt, wil ik wel proberen om daarachter te komen.'

'Hoe dan?'

'Gewoon door wat rond te vragen. Ik was toch van plan om vanavond naar Club Taenarum te gaan. Trouwens, vanavond is het speciaal voor jongeren. Heb je misschien zin om mee te gaan?'

'Nee …' Chantals stem klinkt aarzelend.

'Bang om je stalker tegen te komen?' vraagt Luuk plagerig.

'Ja, onder andere. Maar vooral omdat er daar te veel nare herinneringen liggen. Ik hoop dat je dat begrijpt.'

'Ja, natuurlijk. Toch moet je je daardoor niet laten weerhouden. De beste manier om over je verdriet heen te komen is een confrontatie met de plek waar het gebeurd is.'

Chantal zucht. Haar blik glijdt weer over het mailtje op het scherm. Het idee alleen al dat degene die het haar gestuurd heeft daar ook misschien is … Ze huivert. 'Nee, ik durf niet. Ook niet met jou.'

Chantal verbreekt de verbinding. Nog nadenkend over het gesprek brengt ze de telefoon naar de slaapkamer van haar ouders terug. Luuk had wel gelijk. Het zou goed zijn om nog een keer naar de disco te gaan. Niet alleen om haar stalker op te sporen, maar vooral om de plek nog eens te zien waar het gebeurd is, zodat ze het af kan sluiten. Alleen niet met Luuk. Het liefst zou ze samen met Roos gaan, maar die mag van haar ouders niet naar de disco.

Terwijl ze terugloopt naar haar kamer, klinkt de beltoon van haar mobieltje. Ze meent het nummer te herkennen. 'Thomas?' zegt ze half vragend.

'Ja, met mij,' klinkt het aan de andere kant van de lijn. 'Ik ben zo blij dat ik je stem hoor.'

'Hoezo?'

'Nou ja, ik maakte me nog steeds wat ongerust. Je was nogal overstuur en ik vond het een vervelend idee dat je alleen de duinen in ging.'

'Ik doe heus geen rare dingen, hoor.' Chantal probeert haar stem luchtig te laten klinken.

'Nee, dat weet ik wel, maar toch …'

'Je wilde het zeker over die mailtjes hebben,' spreekt ze er vlug overheen.

'Ja. Ik vind dat je daar niet te licht over moet denken. Je hoort soms zulke rare verhalen over stalkers. Het zijn vaak mensen van wie je het het minst zou verwachten.'

Chantal fronst haar wenkbrauwen. Het zal Thomas toch niet zijn die …? Nee. Nu moet ze niet paranoïde worden. Eerst verdacht ze Daphne, daarna Luuk en nu ook Thomas?

'Ben je er nog?' onderbreekt hij haar gedachten.

'Ja.' En haastig voegt ze eraan toe: 'Ik heb daar best wel over nagedacht, maar ik zou niemand kunnen bedenken.'

'Misschien kun je aan de hand van de internetheaders van de mailtjes achterhalen wie ze verstuurt.'

'Ik zou niet weten hoe dat moet.'

'Ik wil je er wel bij helpen.'

'Dat bood Luuk ook al aan.'

'Luuk?'

'Ja, maar ik wilde het niet.' Chantal aarzelt even. 'Door allerlei omstandigheden vertrouwde ik Luuk niet. Ik dacht dat hij me die mailtjes had gestuurd. Ik heb toen een boos mailtje teruggestuurd, maar wel naar zijn eigen e-mailadres.'

'En toen?'

'Hij belde me daarover, vlak voordat jij mij belde.'

'En hij zei dat hij er niets mee te maken had?'

'Ja, en ik geloof hem.' Chantal vertelt waar ze het allemaal met Luuk over heeft gehad.

'Dus hij denkt ook dat Tycho er iets mee te maken heeft?'

'Ja.'

'Zou ik die mailtjes eens mogen lezen?'

Chantal geeft niet meteen antwoord.

'Als je dat vervelend vindt, moet je het zeggen, hoor.'

'Nou ja … Je mag er best een paar lezen, hoor, maar …'

'Het gaat me eigenlijk vooral om de internetheaders,' onderbreekt Thomas haar, 'en meer specifiek om de server en het ip-adres vanwaar ze verstuurd zijn.'

'Oké.'

'Kan ik nu even bij je langskomen? Ik ben er over een kwartiertje.'

Chantal kijkt op haar horloge. Bijna halfvijf. Haar ouders zouden pas tegen zessen thuiskomen. Bovendien heeft ze nog ruim de tijd om iets anders aan te trekken. 'Ja, dat is goed,' zegt ze.

Een kwartiertje later hoort ze Thomas' scooter voor het huis stoppen. Door het raam ziet ze hoe hij zijn helm afzet en haastig zijn vingers door zijn haar haalt. Ze glimlacht onwillekeurig. Voordat hij aan kan bellen, doet ze de deur open. 'Hoi,' zegt ze. 'Kom binnen.'

Met een korte aarzeling stapt hij over de drempel. Zijn helm legt hij onder de kapstok. Even staan ze besluiteloos tegenover elkaar, dan kust hij haar wat onhandig op beide wangen.

Chantal wendt haar blik af. Waarom voelt ze zich opeens zo opgelaten? Daarnet in de oefenruimte hebben ze elkaar immers ook een kus gegeven. Om haar opkomende rode kleur te verbergen loopt ze meteen door naar de keuken. 'Wil je thee of zal ik iets fris inschenken?' vraagt ze.

'Hebben jullie cola?'

'Ja.'

'Doe dat maar.'

Even later zijn ze op weg naar boven. Het scherm van Chantals monitor is zwart. De computer is in de slaapstand gegaan.

'Wil je meteen naar die mailtjes kijken, of ...' Chantal maakt haar zin niet af.

'Ja, waarom niet? Dan kan ik er misschien iets meer over zeggen.'

Chantal start haar computer weer op. 'Ik zal het eerste mailtje dat ik kreeg even opzoeken,' zegt ze.

'Mag ik het lezen?' vraagt hij als het op het scherm verschijnt.

Chantal knikt alleen.

Thomas leest het twee keer over. 'God, het is net of ik Dylan hoor,' zegt hij.

Chantal knikt. 'Die merkwaardige sensatie had ik ook.'

'Heb je geantwoord?'

'Nee, niet meteen. Later, toen ik een tweede mailtje kreeg wel.' Ze zoekt het op en laat hem daarna het antwoord lezen.

'Dus je dacht dat Dylans zusje erachter zat?'

'Ja, maar die is het niet.'

'Nee, dat kan ik me ook niet voorstellen.' Thomas schudt zijn hoofd. 'Wat vinden je ouders hier eigenlijk van?' vraagt hij opeens.

'Die weten het niet.'

'Waarom heb je het ze niet verteld?'

Chantal haalt haar schouders op. 'Eerst dacht ik dat het vanzelf wel zou ophouden, maar later werden die mailtjes behoorlijk persoonlijk. Alleen Roos heeft ze bijna allemaal gelezen.'

Thomas knikt. 'Zijn ze allemaal verzonden met Dylans e-mailadres?' vraagt hij.

'Ja. De meeste zijn verstuurd vanaf Dylans iPhone, alleen de eerste twee niet.'

'Mag ik dat eerste mailtje nog een keer zien?'

'Ja, natuurlijk.' Chantal zoekt het op.

'Mag ík even achter de computer zitten?' vraagt Thomas.

Chantal staat op. 'Wat ben je van plan?'

'Naar de header kijken. Misschien dat ik daar iets uit op kan maken.'

Chantal zegt niets. Ze heeft geen idee waar Thomas het over heeft en ze wil niet dom lijken.

'Hè?' zegt hij opeens. 'Er staat niets in de header. Da's raar.' Thomas zoekt verder. 'Dit heb ik nog nooit meegemaakt,' mompelt hij. 'Geen provider, geen afzender, geen IP-adres, niks.' Hij staart niet-begrijpend naar het scherm. 'Mag ik ook nog even naar de internetheader van dat tweede mailtje kijken?' vraagt hij opeens. 'Ik hoef het daarvoor niet te openen, hoor.'

Chantal wijst het aan. Ze ziet dat Thomas 'berichtopties' aanklikt.

'Die is ook leeg.' Thomas schudt zijn hoofd. 'Ik begrijp er niets van. Dat kan helemaal niet! Een mailtje heeft altijd een header!'

'Kan dat niet komen omdat deze twee mailtjes zijn verstuurd vanaf een oude computer?' vraagt Chantal.

'Nee, dat zou niets mogen uitmaken.'

'De andere mailtjes zijn allemaal verstuurd vanaf Dylans iPhone.'

'Ja, dat zei je. Mag ik daar dan ook even bij kijken?'

Chantal knikt.

'Hè? Hier is ook al geen header bij.' Thomas staart ongelovig naar het scherm. Hij klikt het ene pull-downmenu na het andere aan, maar hij lijkt niet te kunnen vinden wat hij zoekt. 'Die stalker heeft meer verstand van computers dan ik,' bromt hij. 'Ik neem tenminste aan dat het zijn bedoeling is om op deze manier al zijn sporen uit te wissen. Ik begrijp alleen niet hoe hij het voor elkaar krijgt om een e-mail zonder header te versturen. Ik zal eens op internet rondkijken hoe het daarmee zit.'

Chantal kijkt toe hoe hij speurt naar informatie over het vreemde verschijnsel. Geconcentreerd tuurt hij naar het scherm. Zijn donkere krullen hangen warrig over zijn voorhoofd. Een vage aftershavelucht dringt opeens haar neus binnen. Vanmiddag heeft ze daar niets van geroken. Zou hij dat speciaal voor haar hebben opgedaan?

Plotseling sluit hij het programma af. 'Ik kan het niet vinden,' zegt hij kortaf. 'Ik zoek thuis wel verder.' Peinzend kijkt hij een poosje voor zich uit. 'Ik vind het maar een griezelig idee dat er iemand is die probeert om jou op een tamelijk morbide manier aan zich te binden,' zegt hij opeens. 'Wie weet wat die vent met je van plan is. Daarom vind ik dat je aangifte moet doen bij de politie en ...'

'Nee!' Chantal hoort zelf hoe fel haar stem klinkt. 'Nee,' herhaalt ze dan rustiger, 'dat wil ik niet.'

'Vanwege de inhoud?'

Ze zegt ja, maar eigenlijk heeft ze geen idee waarom ze de politie erbuiten wil houden. Het idee dat wildvreemden de inhoud van de mailtjes onder ogen krijgen vindt ze natuurlijk niet fijn, maar dat is het niet alleen. Ze wil op een of andere vreemde manier niet dat de mailtjes stoppen. Het is alsof ze Dylan daarmee definitief uit haar leven schrapt.

'Maar je wilt toch wel weten wie hierachter zit?' vraagt Thomas. Chantal knikt.

Thomas kijkt weer een poosje zwijgend naar het scherm. 'Ik zou die Tycho wel eens onder vier ogen willen spreken,' zegt hij dan.

'Dus jij denkt ook dat hij achter die mailtjes zit.'

'Ik denk niks. Ik wil alleen wel eens horen wat hij te zeggen heeft.' Thomas drinkt zijn glas leeg. 'Misschien dat ik hem er vanavond eens over aanschiet.'

'Je bedoelt in de disco?'

'Ja.'

Chantal stelt zich voor hoe dat dan zou moeten. Het is meestal behoorlijk druk bij de bar en Thomas kan toch niet waar iedereen bij staat aan Tycho vragen of hij iemand stalkt? Opeens ziet ze weer voor zich hoe Dylan die laatste avond naar de bar liep en een drankje bestelde. Toen Tycho het glas naar hem toe schoof, leek het net of hij Dylan tegelijk iets overhandigde. Was dat wisselgeld, of …?

Hoe had ze zo onnozel kunnen zijn? Dylan ging zijn vrienden niet gedag zeggen, hij had gewoon drugs nodig en daarvoor moest hij bij Tycho zijn.

Het duurt een paar tellen voordat de betekenis daarvan tot Chantal doordringt: Tycho die dealt en daardoor Dylans dood op zijn geweten heeft. 'Is het goed als ik vanavond met je meega?' vraagt ze in een opwelling. 'Ik wil er graag bij zijn als je met Tycho praat.'

Verbaasd kijkt Thomas naar haar op. 'Zou je dat wel doen?'

Chantal knikt.

'Wat mij betreft, mag je best mee,' zegt Thomas aarzelend, 'maar bedenk wel dat het heel heftig kan zijn om daar weer in die disco te zijn.'

'Dat weet ik. Daarom wil ik er ook niet lang blijven. Als we Tycho hebben gesproken, wilde ik ook eigenlijk meteen weer weg.'

'En dan nog,' zegt Thomas, 'iedereen komt natuurlijk naar je toe en ...'

'Ik heb er heus goed over nagedacht,' onderbreekt Chantal hem. 'Ik kom er ook niet om te feesten, maar ik denk dat een confrontatie met de plek waar het gebeurd is de beste manier is om over mijn verdriet heen te komen,' herhaalt ze de woorden van Luuk.

'Oké dan. Hoe laat zal ik je op komen halen?'

'Als je het goedvindt, wil ik er vroeg zijn. Dan is het nog niet zo druk. Halftien, is dat oké?'

Voordat Thomas kan antwoorden, klinkt er een zachte tik en gaat het computerscherm op zwart. Hij grinnikt. 'Die vindt ook dat het genoeg is voor vandaag. Moet ik hem helemaal uitzetten?'

Chantal knikt.

'Hallo,' klinkt haar moeders stem opeens van beneden, 'we zijn weer thui-huis.'

Chantal kijkt schichtig naar Thomas. Ze had gehoopt dat hij weg zou zijn voordat haar ouders thuiskwamen, maar nu is het te laat. 'Ik kom er zo aan,' roept ze terug. Ze wil nog even wachten voordat ze naar beneden gaat, want ze weet nu al hoe haar moeder zal reageren als ze hen samen de trap af ziet komen. Ze zal Thomas vriendelijk begroeten, maar de nieuwsgierige blik in haar ogen zal ze niet kunnen verbergen. Haar vader doet waarschijnlijk alsof het de gewoonste zaak van de wereld is dat Thomas er is. Alleen Robin, die kan soms zulke gênante opmerkingen maken … Chantal krijgt het er warm van.

Ze wil niet dat Thomas merkt dat ze tijd probeert te rekken. Daarom doet ze haar kleerkast open. 'Wat zal ik vanavond aandoen?' vraagt ze.

Thomas neemt haar snel op. 'Wat je nu aanhebt, is prima. Je zei het al, we gaan er niet heen om te feesten.'

'Ja, maar dit is zo alledaags en ik wil niet opvallen.' Ze trekt een jurkje uit de kast dat ze kort voor Dylans dood heeft gekocht, maar nooit heeft gedragen.

Thomas knikt goedkeurend. 'Is dat alleen niet te koud voor vanavond?'

'Ik trek er wel iets overheen aan.' Ze hangt het aan de deur van haar kast. Dan is er geen uitstel meer mogelijk. 'Ga je mee naar beneden?' vraagt ze en fluisterend laat ze erop volgen: 'Zeg alsjeblieft nog even niets tegen mijn ouders over die mailtjes. Ik vertel het ze wel als ik wat meer weet.'

'Hé, Thomas,' zegt Chantals vader als ze de huiskamer binnenkomen. 'Dat is een tijd geleden.' Ze geven elkaar een hand.

'We dachten dat die scooter voor het huis van Roos was,' zegt Robin.

Chantal schudt haar hoofd. 'Die heeft toch geen scooter?'

'Ze wilde er toch een kopen?'

'Ja, maar ze heeft er nog niet genoeg geld voor.'

Robin draait zich om naar Thomas. 'Mag ik een keer bij je achterop?' vraagt hij.

'Jawel, hoor.'

'Straks?'

'Dat kan niet, want je moet een helm op.'

'Maar die heb ik niet,' zegt Robin teleurgesteld.

'Ik heb er thuis nog een liggen,' zegt Thomas, 'die neem ik wel een keer mee.'

'Eet je mee, Thomas?' onderbreekt Chantals moeder hen. 'We hebben Chinees gehaald en er is meer dan genoeg.'

'Nee, dank u, mevrouw. Heel lekker, hoor, maar er wordt thuis op me gerekend en ik moet nog douchen.' Thomas kijkt schuins naar Chantal.

Ze begrijpt hem meteen. 'Ja, hij komt me vanavond ophalen. We gaan naar Club Taenarum.'

'Is dat niet die disco waar … eh …' Haar moeder maakt de zin niet af.

'Ja, daar is dat met Dylan gebeurd,' zegt Chantal kortaf.

'Zou je dat nu wel doen?' vraagt haar vader.

'Ja, waarom niet?' Chantal hoort zelf hoe kribbig haar stem klinkt. 'We gaan maar heel kort,' zegt ze wat vriendelijker. 'Ik wilde de plek nog een keer zien waar het allemaal is gebeurd. Gewoon, om het af te kunnen sluiten.'

Haar moeder knikt. 'Misschien is dat wel een goed idee. Hoewel ik het tegelijk een beetje benauwend vind. Maar ik ben blij dat Thomas met je meegaat.' Ze glimlacht even naar hem. 'Zul je goed op haar passen?'

'Ja, natuurlijk.' Thomas lacht. 'Ik beloof haar geen seconde uit het oog te verliezen.' En met een blik op de twee plastic zakken die op tafel staan, voegt hij eraan toe: 'Ik ga nu maar, anders wordt uw eten koud.'

Even later staan ze in het halletje en trekt Thomas zijn jack aan. 'Dan kom ik je om halftien ophalen,' zegt hij.

'Kom je op de scooter?' vraagt Chantal.

'Wat je wilt. Ik heb thuis een extra helm liggen, maar we kunnen ook met de bus.'

Chantal weifelt even. Van een helm gaat haar haar plat zitten, maar ze gaat niet voor het mooi. Bovendien zou het vanavond droog blijven. 'Ik wil best wel eens bij je achterop zitten,' zegt ze onverwachts verlegen.

Thomas lacht. 'Oké dan.' En voordat hij zijn helm opzet, voegt hij er fluisterend aan toe: 'We zullen die Tycho vanavond eens stevig aan de tand voelen.'

Chantal glimlacht flauwtjes. Ze wacht in de deuropening tot Thomas zijn scooter heeft gestart. Als hij de straat uit rijdt, steekt hij nog snel zijn hand op, dan verdwijnt hij de bocht om.

Chantal sluit zachtjes de voordeur, maar ze blijft nog even staan. Net als iedereen ging Thomas ervan uit dat die mailtjes door Tycho waren verzonden, of anders misschien door een van Dylans dubieuze vrienden. Toch kan ze de gedachte maar niet van zich afzetten dat Dylan er op een of andere vreemde manier zelf mee te maken heeft. Ze schudt haar hoofd om dat onzinnige denkbeeld kwijt te raken.

Opeens hoort ze achter zich de huiskamerdeur opengaan. Als ze zich omdraait, ziet ze het hoofd van Robin verschijnen.

'Kom je?' vraagt hij. 'We gaan eten.'

'Ja, ik kom eraan,' zegt Chantal.

Met een blik over zijn schouder stapt haar broertje de gang in. Terwijl hij de deur half achter zich dichttrekt, fluistert hij: 'Ik vind Thomas ook heel aardig, hoor.'

Stipt om halftien belt Thomas aan. Chantal staat al klaar. Het voorstel van haar moeder om Thomas nog even binnen te vragen voor een kop koffie, slaat ze af. Met een kort 'Tot straks!' trekt ze de voordeur achter zich dicht.

Thomas helpt haar de helm op te zetten die hij voor haar heeft meegenomen. 'Hou je goed aan mij vast,' zegt hij als ze achter hem op de scooter plaatsneemt.

Aarzelend slaat Chantal haar armen om zijn middel. 'Niet te hard rijden, hoor,' zegt ze.

Thomas lacht. 'Nee, hoor. Ik heb je ouders beloofd om je weer heelhuids thuis af te leveren, dus daar houd ik mij aan.' Langzaam trekt hij op.

Als Chantal nog even omkijkt, ziet ze tussen de gordijnen het hoofd van Robin. Hij wuift naar haar. Ze wuift terug, maar grijpt zich dan vlug weer vast, want Thomas geeft gas. Een zwoele wind strijkt over haar gezicht en langs haar blote benen. Ze sluit haar ogen. Opeens beseft ze dat ze op weg is naar de plek waar het gebeurd is, de plek waar ze degene die haar het liefste was, verloren heeft. Ze probeert er niet aan te denken, maar de beelden van toen dringen zich onweerstaanbaar aan haar op. Waar is ze aan begonnen? Ze voelt hoe een traan over haar slaap door de wind naar achteren wordt geblazen. Onwillekeurig leunt ze wat naar voren en zoekt troost tegen Thomas' rug.

Club Taenarum ligt in de binnenstad en is gevestigd in een oud bankgebouw dat verbouwd is tot een wat opzichtige uitgaansgele-genheid. Als ze er aankomen, is het al behoorlijk druk. Thomas zet zijn scooter in de stalling aan de zijkant van het gebouw. Daarna lopen ze samen naar de ingang, waar een groepje jongeren met elkaar staat te kletsen.

'Hé, Thomas!' roept een van de jongens.

Thomas steekt alleen zijn hand even op en loopt door. 'Als je eenmaal met hem aan de praat raakt, kom je niet meer van hem af,' zegt hij als ze buiten gehoorsafstand zijn.

Binnen leveren ze hun jas in bij de garderobe. Voor een spiegel in de hoek haalt Chantal snel een kam door haar haar. Ze buigt zich naar haar spiegelbeeld over. Gelukkig heeft ze geen rode ogen. Alleen zijn de tranen op haar slaap opgedroogd tot vage wittige streepjes. Met wat spuug op haar vingertop veegt ze ze weg.

'Ik koop wel even tickets,' zegt Thomas. Als Chantal haar portemonnee tevoorschijn haalt, schudt hij zijn hoofd. 'Ik betaal,' zegt hij resoluut.

'Dan zijn de drankjes voor mijn rekening,' zegt Chantal.

Hij knikt en sluit zich aan bij de rij voor de kassa.

Chantal voegt zich bij hem. Er is iets onwezenlijks aan de hele situatie. Ze staan daar samen alsof ze gewoon gezellig een avondje naar de disco gaan, maar niets is minder waar. De mensen moesten eens weten …

'Hé, Chantal,' hoort ze opeens een bekende stem. Ze kijkt op. Een eindje voor haar in de rij staat Sandra, een meisje uit haar klas. 'Leuk dat je er ook weer bent,' zegt ze over de hoofden heen. Nieuwsgierig gaan haar ogen even naar Thomas. 'We spreken elkaar straks wel.'

Chantal glimlacht flauwtjes. 'Ja, dat is goed,' zegt ze. Tot haar opluchting ziet ze Sandra zonder nog naar haar om te kijken de danszaal in verdwijnen.

Als Thomas even later de tickets heeft, gaan ze ook naar binnen. Het lawaai en de drukte overrompelen Chantal. Het is of ze opeens terug is in de tijd. De deinende menigte, de muziek, de laserstralen die in het halve duister over de hoofden scheren, dat alles voert haar terug naar die ene afschuwelijke gebeurtenis. Langzaam begint alles te vervagen: de muziek, de mensen, ze vergeet zelfs dat ze met Thomas is. Als een soort robot zet ze zich in beweging. Ze loopt midden over de dansvloer recht op het podium af. Sommige mensen herkennen haar en wijken opzij. Anderen reageren geërgerd. Dan komt ze bij de plek waar het allemaal is gebeurd. Op de houten vloer is geen spoor meer te zien van wat zich hier nog maar vier maanden geleden heeft afgespeeld. Geen vlek, geen enkel teken, niets meer. Zelfs de diepe kras die de brancard op de planken had gemaakt, is verdwenen. Het is of ze alles wat nog aan Dylan herinnerde, wilden uitwissen.

Verblind door tranen baant ze zich een weg tussen de mensen door. Ze heeft geen idee waar ze heen gaat. Ze wil alleen maar weg. Weg van die afschuwelijke plek, weg van haar herinneringen.

Opeens kan ze niet verder. Ze staat voor de bar. Even vraagt ze zich af hoe ze hier komt. Dan valt haar oog op Tycho, die een paar meter verderop staat. Hij is bier aan het tappen en zet de volle glazen een voor een op een dienblad dat hij vervolgens op de bar zet. Een jongen met een portemonnee in zijn hand trekt het blad naar zich toe en buigt zich nog even naar Tycho over. Die duikt achter de bar en komt weer tevoorschijn met iets dat hij snel in de hand van de jongen drukt.

Op dat moment trekt er een waas voor Chantals ogen. Ze droogt haar tranen en wringt zich tussen de mensen door die voor de bar staan, tot ze recht voor Tycho staat. 'Dus je bent nog steeds bezig!' zegt ze fel.

Tycho kijkt haar verstoord aan. 'Waar heb je het over?'

'Mag ik misschien eerst even afrekenen?' vraagt de jongen. Hij schuift een biljet van vijftig euro over de bar en stopt het wisselgeld zonder het na te tellen in zijn portemonnee. Met het dienblad boven zijn hoofd loopt hij weg.

Intussen heeft Tycho een andere bestelling opgenomen, maar Chantal laat zich niet afschepen. 'Was dat soms dezelfde rotzooi die je aan Dylan hebt verkocht?' vraagt ze. Het valt haar op dat Tycho schichtig om zich heen kijkt. 'Nou?' houdt ze vol.

'Wat klets je nu toch? Die jongen bestelde gewoon een paar biertjes en …'

'Daar heb ik het niet over,' onderbreekt ze hem. 'Ik wil weten wat je hem daarna zo stiekem in zijn hand drukte.'

'Gewoon, wisselgeld.'

'Je weet heus wel wat ik bedoel.' Chantal schrikt van een hand die op haar schouder wordt gelegd. 'Kom mee,' hoort ze Thomas gebiedend zeggen.

Ze schudt haar hoofd.

'Jawel.' Thomas trekt aan haar arm. 'Doe niet zo stom,' sist hij in haar oor als ze tegenstribbelt.

Chantal ziet hoe iedereen haar aanstaart, daarom geeft ze maar toe. Terwijl ze met gebogen hoofd met Thomas mee loopt, wijken de discogangers uiteen. Even later gaan ze het gangetje in dat naar de chill-outruimte leidt.

Als Thomas de deur achter zich sluit, vervagen alle geluiden tot een dof feestgedruis op de achtergrond. Er is niemand. 'Hoe kon je nou zo stom zijn!' valt hij tegen haar uit. 'Je had je mond moeten houden. Ik had Tycho onder vier ogen willen spreken, maar dat kunnen we nu wel vergeten.'

'Ja, maar ik zag dat hij die jongen stiekem iets overhandigde en ik weet zeker dat het drugs waren.'

'Ook al is dat zo, dan nog kun je hem niet zomaar beschuldigen, en zeker niet waar iedereen bij is.'

'Ja, maar hij gaat er gewoon mee door, alsof het hem niets kan schelen wat er met Dylan …' Opeens wordt het Chantal allemaal te veel en barst ze in snikken uit. Ze voelt hoe Thomas een arm om haar heen slaat. Hij leidt haar naar een bank in de hoek en gaat naast haar zitten. Ze probeert haar tranen te drogen, maar er blijven telkens nieuwe komen.

'Zal ik een glas water voor je halen?' vraagt Thomas.

'Nee, ik heb liever dat je bij me blijft.' Ze slaakt een bibberige zucht.

Aarzelend legt Thomas een hand op die van haar. De warmte van het gebaar troost Chantal een beetje. Ze krijgt de aanvechting om haar hoofd als een klein kind tegen zijn schouder te leggen en te huilen tot ze geen tranen meer overheeft, maar ze doet het niet. 'Misschien was het toch niet zo'n goed idee om hiernaartoe te gaan.' Ze probeert te glimlachen, maar het lukt niet erg.

'Wil je dat ik je naar huis breng?' vraagt Thomas.

Chantal knikt.

Terwijl ze opstaan, gaat de deur van de chill-outruimte open en komt Tycho binnen. Zijn blik glijdt vluchtig door de ruimte. Als hij ziet dat er verder niemand is, sluit hij de deur achter zich en komt met grote stappen op Chantal af. 'Wat had jij nou allemaal voor onzin te vertellen?' vraagt hij kwaad.

Een ogenblik is Chantal van haar stuk gebracht, dan wordt ze ook boos. 'Dat was geen onzin!' roept ze. 'Ik zag toch zelf dat je drugs aan die jongen verkocht.'

'Dat weet je niet, Chantal,' probeert Thomas haar te sussen. Het maakt haar alleen nog maar bozer.

'Dat weet ik wel!' roept ze. 'Dylan heeft die avond ook drugs van hem gekocht! Ik heb het zelf gezien!' Ze wijst priemend naar Tycho. 'Hij is er de schuld van dat …'

'Ik weet dat Dylan aan de dope was,' schreeuwt Tycho woedend, 'maar daar heb ik helemaal niets mee te maken.'

'Je liegt!' schreeuwt Chantal nu ook. 'Ik zag toch dat jij hem iets in zijn handen stopte, die laatste keer toen …'

'Ja, wisselgeld,' kapt Tycho haar af.

Chantal weet zo gauw niet wat ze daarop moet zeggen. 'Keek je daarom zo schichtig om je heen?' vraagt ze dan scherp.

Opeens komen er samen met een golf van lawaai twee meisjes binnen. Met een ruk draait Tycho zich om. 'Kunnen jullie niet zien dat we hier in gesprek zijn?' snauwt hij.

Geschrokken kijken de meisjes hem aan, dan draaien ze zich om en haasten zich weer naar buiten.

Tycho wacht tot de deur dicht is. 'Die meid kletst uit haar nek!' zegt hij tegen Thomas. 'Zorg dat ze haar kletspraatjes voortaan voor zich houdt! Dat soort verdachtmakingen verspreidt zich hier snel. Als mijn baas ervan hoort, dan kost het mij mijn baan.'

'Het heeft Dylan zijn leven gekost!' Chantal gooit de woorden eruit. 'Als jij hem die rotzooi niet had verkocht, dan had hij nu nog geleefd!'

'Ik verkoop geen rotzooi, maar Dylan wilde die avond …' Midden in de zin houdt Tycho op. Hij verbleekt. 'Dylan kocht alleen maar een flesje fris bij me. Die GHB had hij niet van mij. Hij had die troep al bij zich, toen hij …'

'Lieg niet!' kapt Thomas hem af. 'Jíj hebt hem die rotzooi verkocht.'

Een ogenblik staat Tycho als aan de grond genageld. Dan gaat hij dreigend voor Thomas staan. 'Ik waarschuw je,' sist hij. 'Als je het lef hebt om hiermee naar de politie te gaan, ontken ik alles toch. En waag het ook niet om er met anderen over te praten. Ik weet je te vinden. En datzelfde geldt voor je vriendin.' Met een valse blik in zijn ogen buigt hij zich naar Chantal en laat zacht de nagel van zijn duim over haar wang glijden. 'Het zou toch zonde zijn als dat mooie gezichtje door littekens zou worden ontsierd,' mompelt hij. Dan draait hij zich abrupt om en loopt weg.

Chantal kijkt hem verstijfd van schrik na. Vlak voor hij de deur uit gaat, werpt hij nog een onheilspellende blik over zijn schouder. Het volgende ogenblik slaat de deur met een klap achter hem dicht.

Op dat moment begint ze over haar hele lijf te trillen en het koude zweet breekt haar uit.

Thomas neemt haar bezorgd op. 'Je ziet doodsbleek,' zegt hij.

Onwillekeurig gaat Chantals hand naar haar gezicht.

'Je gelooft toch zeker niet wat die vent zegt?' gaat Thomas verder. 'Hij probeert je alleen maar bang te maken.'

'Ik hoop dat je gelijk hebt,' zegt ze, 'maar zo klonk het niet.'

'Allemaal loze dreigementen,' zegt Thomas schamper, en wat teleurgesteld laat hij erop volgen: 'Alleen is de kans nu wel verkeken om erachter te komen wie jou die rare mailtjes stuurt. Aan Tycho hoeven we het in elk geval niet meer te vragen.' Hij pakt haar hand. 'Kom, ik breng je naar huis.'

Chantals benen trillen nog steeds als ze met hem mee loopt. Bij de toegang tot de zaal blijft ze staan. 'Ik ga niet langs de bar, hoor,' zegt ze.

'Hoe wou je dan?'

'Gewoon, langs de andere kant.'

Thomas kijkt naar de drukte op de dansvloer. 'Daar komen we nooit doorheen en bovendien is dat een hele …'

'Hé, Chantal,' hoort ze opeens een bekende stem roepen. Van de kant van het podium ziet ze hoe Luuk zich tussen de dansers door naar haar toe wringt.

Wat onzeker steekt ze haar hand op.

Even later staat Luuk voor haar. Hij kust haar op beide wangen.

Dan pas groet hij Thomas. 'Ik dacht dat je hier niet meer naartoe wilde,' zegt hij luid om boven de muziek uit te komen.

'Ik heb me bedacht,' antwoordt ze alleen.

Luuk gebaart dat hij haar niet verstaat. 'Heb je nog iets kunnen ontdekken over die mailtjes?' schreeuwt hij bij haar oor.

Ze schudt haar hoofd.

'Ik misschien wel.'

'Wat dan?'

Luuk trekt haar mee naar een plekje waar het lawaai wat minder is. Daar buigt hij zich naar haar toe om zich verstaanbaar te maken. 'Ik heb een meisje gesproken dat erbij was die avond dat het gebeurde. Ze zegt dat ze heeft gezien dat er iets uit Dylans zak viel toen hij op de brancard werd gelegd.'

'Dylans iPhone,' zegt Chantal ademloos. Ze ziet dat Thomas hen is gevolgd en meeluistert.

'Dat is niet zeker,' zegt Luuk, 'want ze kon niet goed zien wat het was, maar ze zag wel dat een jongen het ding opraapte.'

'Weet ze ook wie dat was?' vraagt Thomas.

'Ze weet zijn naam niet, maar ze kan hem wel aanwijzen. Ze heeft hem nog niet gezien, maar bij dit soort feesten komt hij meestal zo rond elf uur.'

Thomas kijkt op zijn horloge. 'Waar is dat meisje dat je hebt gesproken nu?' vraagt hij.

Luuk loopt terug naar de dansvloer en laat zijn ogen zoekend over de hossende massa gaan. Dan wijst hij. 'Daar heb je haar,' roept hij. 'Het is dat meisje met dat blonde haar en dat blauwe shirtje. Ze heet Anne.'

'Blijf jij bij Luuk,' zegt Thomas, 'dan ga ik even naar haar toe.'

Voordat Chantal kan protesteren, loopt hij de dansvloer op. Hij baant zich een weg tussen de mensen door en tikt het meisje op haar schouder. Chantal ziet hoe hij iets tegen haar zegt. Het meisje knikt. Ze praat even met haar vriend en volgt Thomas dan naar een wat rustiger plek. Chantal wil er ook net naartoe gaan als Luuk zijn arm om haar middel slaat.

'Nu we hier toch staan, kunnen we net zo goed even dansen,' roept hij en probeert haar de dansvloer op te trekken.

Ze schudt haar hoofd en trekt zich los.

'Waarom niet? Dit is net een lekker nummer.'

'Ik wil weten wat dat meisje te zeggen heeft.'

'Wat zeg je?'

Laat maar, gebaart ze. Meteen draait ze zich om en zonder op hem te wachten loopt ze weg. Om bij Thomas te komen moet ze langs de bar. Het is er druk. Een beetje benauwd kijkt ze of ze Tycho ergens ziet, maar hij is nergens te bekennen. Zo onopvallend mogelijk probeert ze zich tussen de mensen door te werken. Als ze halverwege nog een keer kijkt, krijgt ze Tycho opeens in het oog. Hij is achter de bar met iets bezig, maar zijn blik is strak op haar gericht, alsof hij haar al een poosje in de gaten houdt. Haastig loopt ze verder. Daardoor ziet ze een jongen niet die met twee glazen bier in zijn handen tussen de mensen door probeert te laveren. Ze botst tegen hem op. Als vertraagd ziet ze een van de twee glazen naar de grond vallen. Het spat aan haar voeten uiteen. Mensen springen opzij. Ontzet kijkt ze naar het schuimende bier dat zich langzaam over de houten vloer verspreidt.

'O, sorry,' zegt ze verschrikt. 'Ik zag je niet.' Als vanzelf hurkt ze en begint de scherven op te rapen.

'Laat maar,' hoort ze Luuk achter zich zeggen. 'Dat ruimt iemand van hier wel op.' Hij pakt haar bij haar arm.

In een reflex trekt haar hand samen en meteen voelt ze een gemene pijn. Terwijl ze de scherven loslaat, valt er een rode druppel in de plas bier aan haar voeten. 'Ik bloed,' zegt ze verbaasd.

Een meisje slaakt een gilletje en iemand drukt een papieren zakdoekje in haar hand. Het volgende ogenblik voelt ze hoe Luuk haar arm pakt en haar meetrekt. Even later staat ze in een afgescheiden ruimte naast de dansvloer. Daar zet Luuk haar neer op een van de banken langs de kant. 'Laat eens kijken,' zegt hij terwijl hij naast haar gaat zitten.

Ze haalt voorzichtig het zakdoekje van haar hand. In haar middelvinger zit een behoorlijke snee.

'Ik moet je misschien even pijn doen, want ik wil kijken of er nog glas in zit,' zegt Luuk.

Chantal knikt.

Luuk neemt het zakdoekje van haar over en drukt het voorzichtig op de snee. 'Voel je dit?' vraagt hij.

Chantal schudt haar hoofd.

'Dan zit er waarschijnlijk geen glas meer in.' Luuk haalt het zakdoekje eraf en veegt de druppel bloed die weer uit de snee opwelt weg. 'Het lijkt mee te vallen.' Hij staat op. 'Ik haal wel even iets bij de bar om het te verbinden. Hou het zakdoekje er maar tegenaan. Ik ben zo terug.'

Chantal knikt. Ze kijkt Luuk na terwijl hij verdwijnt tussen de mensen die voor de bar staan. Haar vinger klopt een beetje, daarom drukt ze het zakdoekje er wat steviger tegenaan. Het helpt. Haar blik gaat naar de dansvloer die afgeladen is. Vanhier kan ze Thomas niet zien. Hij heeft natuurlijk geen idee waar ze is gebleven, maar ze neemt aan dat Luuk hem wel een seintje geeft. Met een zucht laat ze zich achteroverzakken en luistert naar de muziek. Het ritme verdooft haar. Ze legt haar hoofd tegen de rugleuning van de bank en haar ogen sluiten zich als vanzelf.

Onwillekeurig komt een van de laatste keren dat ze hier met

Dylan zat weer in haar gedachten. Ze waren met een aantal van zijn vrienden en er waren ook een paar meisjes bij. Ze had zich nogal alleen gevoeld in het gezelschap. Iedereen was op zijn minst aangeschoten en sommigen waren zo stoned dat ze geen zinnig woord meer uit konden brengen. Alleen Dylan leek nog volkomen nuchter. Hij had zijn arm om haar heen geslagen en luisterde naar de gesprekken van de anderen. Wat was ze toen gelukkig.

Ineens voelt ze een hevig verlangen. Ze wil weer naast hem zitten zoals toen, zijn arm om haar heen, zijn hoofd tegen het hare … Er schieten tranen in haar ogen. Kon ze hem maar terughalen. Kon ze hem nog maar één keer zien.

Plotseling krijgt ze het akelige gevoel dat er iemand naar haar staat te kijken. Zonder overeind te komen opent ze haar ogen en gluurt in het rond. De zitruimte is verlaten. Ook op de dansvloer is er niemand die op haar let, maar het gevoel blijft. Dan gaat haar blik als vanzelf naar de twee pilaren waartussen net een stukje van de bar is te zien.

Haar hart slaat een slag over, want ze kijkt recht in de ogen van Tycho. Er verschijnt een valse grijns op zijn gezicht. Dan pas ziet ze het mes in zijn hand. Verstijfd van angst ziet ze hoe hij het langzaam naar zijn gezicht brengt. Met een dreigende blik laat hij de punt ervan over zijn wang naar beneden glijden. Het volgende moment draait hij zich om en verdwijnt.

Het liefst zou Chantal op willen springen en wegrennen, maar ze blijft als verlamd zitten. Dan ziet ze Luuk aankomen.

'Wat is er met jou?' vraagt hij terwijl hij naast haar komt zitten.

'Eh … niets,' hakkelt ze.

'Niets,' herhaalt Luuk. 'Je kijkt alsof je een spook hebt gezien.'

Chantal schudt de gedachte aan Tycho weg. 'Alles hier herinnert me gewoon aan vroeger,' zegt ze. 'Daarom wil ik hier weg.'

Luuk knikt. 'Dat begrijp ik, maar drink eerst dit even op.' Hij drukt haar een glas cola in haar hand.

'Dank je wel,' mompelt ze. Terwijl ze drinkt, ratelen haar tanden tegen het glas. De cola smaakt vreemd, maar ze is te veel van streek om er aandacht aan te besteden. Langzaam voelt Chantal zich rustiger worden en ook haar hartslag komt wat tot bedaren.

'En nu je hand,' zegt Luuk. Voorzichtig haalt hij het zakdoekje eraf.

Chantal houdt haar blik strak gericht op Luuks handen, die een verbanddoosje openen. Ze strijkt even over haar ogen om het beeld van Tycho met zijn mes en zijn valse lachje te verjagen.

'Je bent toch niet bang voor een beetje jodium?' vraagt Luuk.

'Nee, natuurlijk niet,' antwoordt Chantal een beetje kribbig.

Luuk lacht.

Een paar tellen later zit er een belachelijk groot verband om haar hand. Ze zegt er maar niets van. Opeens herinnert ze zich Thomas. Die heeft natuurlijk geen idee waar ze is gebleven. Snel staat ze op, maar verliest haar evenwicht en valt terug op de bank.

'Ik dacht dat je tegen bloed kon,' grapt Luuk. Hij klopt geruststellend op haar schouder. 'Blijf nog maar even zitten, ik moet de verbanddoos toch terugbrengen.'

Chantal schudt haar hoofd. 'Ik wil naar Thomas toe,' zegt ze.

'Zoals u wenst, hoogheid.' Luuk buigt diep. Dan pakt hij haar hand en trekt haar overeind. Lachend vangt hij haar op in zijn armen.

Geprikkeld duwt Chantal hem van zich af. Zonder op hem te wachten, loopt ze terug naar de dansvloer. Het is of ze Tycho's ogen in haar rug voelt prikken en ze durft niet om te kijken. Terwijl ze naar de plek loopt waar ze Thomas voor het laatst heeft gezien, voelt ze zich opeens vreemd licht in haar hoofd worden, maar het is alweer verdwenen als ze er aankomt. Thomas staat er niet meer en het meisje ook niet. Daarom loopt ze naar de trap die naar de tussenetage voert. Daar heeft ze een goed overzicht. Op de derde tree blijft ze staan. Speurend laat ze haar ogen door de schemerige zaal gaan, maar ondanks de laserstralen die onophoudelijk over de hoofden van de bezoekers flitsen, is Thomas is nergens te bekennen.

Plotseling valt haar blik op een jongen die midden op de dansvloer traag op het ritme van de muziek beweegt. Hij danst in zijn eentje met zijn rug naar haar toe. Ze kan haar ogen niet van hem afhouden. Dat haar, die manier van bewegen ...

Alsof de jongen voelt dat er iemand naar hem kijkt, draait hij zich opeens om.

Chantals hart staat een slag over en even wordt het zwart voor haar ogen. Duizelig grijpt ze zich aan de trapleuning vast. 'Het kan niet,' mompelt ze geluidloos. Dan roept ze zijn naam: 'Dylan!' Maar er komt geen geluid uit haar mond.

HOOFDSTUK 9

Blindelings springt Chantal van de trap af en belandt recht in Luuks armen.

'Kon je niet even op me wachten?' zegt hij een beetje verongelijkt.

Ze rukt zich los en zonder een antwoord te geven rent ze de dansvloer op. Terwijl ze zich in de deinende menigte stort, heeft ze de vreemde gewaarwording alsof de grond onder haar voeten op en neer gaat, maar ze let er niet op. Ze worstelt zich tussen de dansers door en reageert niet op de verontwaardigde opmerkingen die naar haar hoofd worden geslingerd. Dylan, kan ze alleen maar denken. Dylan, waar ben je?

Ze staat stil en kijkt zoekend om zich heen. Opeens krijgt ze hem in het oog. Hij danst met gesloten ogen alsof hij haar daarnet helemaal niet heeft gezien. Wat is hij veranderd. Hij lijkt magerder en zijn dreadlocks zijn met een rood elastiek bijeengebonden. Ze zijn ook langer dan ze zich herinnert. 'Dylan!' roept ze.

Plotseling is het of de mensen om haar heen vervormen. Ze bewegen op een vreemde manier alsof ze van vloeibaar plastic zijn, ook Dylan. Wat is dit voor raars? Ze wrijft in haar ogen. Als ze ze opendoet, lijkt alles weer normaal. Opnieuw roept ze Dylans naam.

Hij lijkt haar te horen, want langzaam worden zijn bewegingen trager totdat hij ten slotte stilstaat. Waarom doet hij zijn ogen niet open? Waarom komt hij niet naar haar toe? Dan draait hij zich onverwacht om en loopt weg.

'Dylan, wacht!' roept ze, maar hij reageert niet. Terwijl ze zich achter hem aan haast, is het of de hele wereld om haar heen draait. Daardoor kan ze hem nauwelijks bijhouden en de afstand tussen hen wordt steeds groter. 'Dylan,' roept ze half in tranen, 'wacht alsjeblieft op me.'

Als ze eindelijk het gewoel op de dansvloer achter zich heeft gelaten, is hij nergens meer te bekennen. Wanhopig kijkt ze om zich heen. Ze ziet hem niet tussen de mensen die bij het podium staan en ook niet in het zitgedeelte links daarvan.

Dan ziet ze hem nog net de trap af gaan naar de toiletten. Als ze erheen wil rennen, kruist een groep jongeren haar pad. Ze probeert zich erdoorheen te wringen, maar ze lijken niet van plan voor haar opzij te gaan en ze wordt teruggeduwd.

'Kun je niet uitkijken?' zegt een van de meisjes bits. 'Je stond op mijn tenen.'

'Heb je soms haast?' roept een ander.

Het dringt nauwelijks tot Chantal door wat er tegen haar wordt gezegd en vlug loopt ze achter de groep langs. Als ze bij de trap aankomt, is Dylan verdwenen.

Even aarzelt ze. De toiletten die zich in de kluis van het oude bankgebouw bevinden, hebben haar altijd benauwd. Vooral sinds die keer dat ze er een jongen aantrof, half bewusteloos met een spuit in zijn arm, heeft ze de plek gemeden. Nu zijn de toiletten blauw verlicht, zodat een spuiter zijn aderen niet meer kan vinden. Maar het blauwe licht maakt het nog beklemmender.

Steun zoekend aan de leuning daalt Chantal de trap af. Beneden klinkt een vreemd geklater dat steeds luider wordt. Als ze de laatste draai heeft gehad, staat ze voor een brede waterstroom die even verderop in een putje verdwijnt. Door de openstaande deur van het damestoilet ziet ze een man bij een van de wastafels staan. Uit de plek waar een kraan hoort te zitten spuit een dikke straal. Op de wastafel ernaast staat een gereedschapskist. Weifelend kijkt ze naar het water aan haar voeten. 'Heeft u misschien net een jongen het herentoilet binnen zien gaan?' vraagt ze luid om boven het geklater uit te komen.

'Daar heb ik niet op gelet,' antwoordt de man zonder op te kijken.

'Ja, maar hij is de trap af gegaan, dus hij moet hier zijn.' Chantal hoort zelf hoe wanhopig haar stem klinkt.

Door het water komt de man naar haar toe gewaad. 'Ruzie gehad?' vraagt hij.

'N... nee, d... dat is het niet,' hakkelt ze. Het kost haar moeite om de situatie onder woorden te brengen. 'Ik ging achter mijn vriend aan, tenminste dat was hij, maar ...'

'Niet doen,' onderbreekt de man haar. 'Laat hem los. Je kunt hem niet terughalen.'

Chantal staart de man verward aan. Wat zei hij nou eigenlijk? Het is of hij weet van Dylan. 'Ja, maar ik moet naar hem toe,' zegt ze. 'Ik moet hem wat vragen. Ik ...'

'Dat kan niet,' onderbreekt de man haar. Hij wijst naar het water. 'Dat zie je toch? Je kunt hier niet doorheen. Trouwens, als hier iemand is overgestoken, dan zou ik dat hebben geweten.'

'Maar hij moet in het herentoilet zijn!' roept ze wanhopig. 'Kunt u hem niet even roepen? Ik moet hem spreken.'

De man kijkt over zijn schouder. 'Als hij is heengegaan, heeft het geen zin. Bovendien heb ik nog nooit iemand terug zien komen.'

Chantal kijkt hem verbijsterd aan en vraagt zich af of ze het wel goed heeft verstaan. Dan heeft ze opeens een idee. 'Ja, maar ik kwam niet alleen voor mijn vriend, ik moet zelf ook heel erg nodig. Ik kan toch wel even in het herentoilet naar de wc?'

De man haalt zijn schouders op. 'Je moet het zelf weten,' zegt hij.

Voordat Chantal kan protesteren, heeft hij haar opgetild en draagt haar naar de deur van het herentoilet, waar het droog is. Daar zet hij haar neer. Een beetje beduusd bedankt ze hem.

Als hij terugloopt naar de damestoiletten gaat ze naar binnen. Er is niemand. De wc-deuren staan allemaal op een kier, behalve de middelste. Aarzelend loopt ze erheen. 'Dylan,' fluistert ze.

Er komt geen antwoord. Waarom ontloopt hij haar? Ze probeert helder te denken, maar het is of er watten in haar hoofd zitten. Dylan heeft haar toch gezien? En zij hem? Dat heeft ze zich toch niet verbeeld? Of was het Dylan soms niet? Leek hij alleen maar op hem? Maar ze kan zich toch niet zó erg vergissen?

Ze besluit te wachten. Ze gaat bij de wastafels staan en kijkt naar de gesloten deur. Even later wordt er een toilet doorgetrokken. Tot haar verbazing komt er een meisje naar buiten.

'Wat een troep hiernaast, hè?' zegt ze.

'Hmm, nogal.' Chantal knikt vaag. Besluiteloos staat ze te kijken hoe het meisje haar handen wast. Als het kind een bevreemde blik over haar schouder werpt, loopt Chantal haastig een openstaande wc in en sluit de deur. Pas als ze hoort dat de voetstappen van het meisje zich verwijderen, komt ze tevoorschijn. Voor de zekerheid kijkt ze nog even in de andere vier wc's, maar er is niemand. Waar is Dylan gebleven?

Dan valt haar oog op een deur achter in de ruimte. *Privé,* staat erop en eronder: *Verboden toegang.* Zou Dylan daar soms naar binnen zijn gegaan? Ze verwacht dat de deur op slot zit, maar als ze de kruk naar beneden duwt, gaat hij moeiteloos open. Aarzelend gluurt ze door een kier naar binnen. In het kille licht van een tl-buis ziet ze een langgerekte ruimte. Tegen de rechterkant zijn metalen stellingen waarop dozen staan en allerlei andere spullen die ze niet meteen thuis kan brengen. Ze duwt de deur verder open. Er is niemand. Tegen de andere muur staan lange rijen bierkratten tot aan het plafond opgestapeld. Blijkbaar is dit het magazijn.

'Dylan?' fluistert ze half vragend.

Er komt geen antwoord. Luisterend blijft ze staan. Hij kan toch niet zomaar verdwenen zijn? Of zou hij soms weer naar boven zijn gegaan, terwijl zij in de wc stond te wachten tot het meisje weg was? Maar dan …

Opeens hoort ze van achter in het magazijn een knarsend geluid alsof er iets over de stenen vloer wordt verschoven. Daar is hij dus! Ze aarzelt geen seconde en gaat naar binnen. Omdat de toegang hier verboden is, doet ze de deur achter zich dicht. Snel loopt ze door tot ze niet verder kan. Tot haar verbijstering is ook de hele achterwand volgebouwd met stellingen. Er is geen deur te bekennen.

Besluiteloos kijkt ze om zich heen. Opeens ziet ze een tennisbal voor haar voeten op de grond liggen. Wat doet dat ding daar? Terwijl ze bukt om hem op te rapen, overvalt haar een duizeling. Even is het of de hele ruimte kantelt. Als ze zich aan een van de planken vastgrijpt om zich staande te houden, valt haar blik op een paar flessen voor haar neus. *Coca-Cola,* staat er op een etiket. Op dat moment voelt ze dat ze een vreselijke dorst heeft. Zal ze een fles openmaken? Ze aarzelt. Dan hoort ze vanuit de richting van waar ze gekomen is een geluid. Zou dat iemand zijn die iets uit het magazijn komt halen? Of is het iemand die haar naar binnen heeft zien gaan? Ze houdt haar adem in. Misschien is het Tycho die haar achternakomt …

Angstig kijkt ze om zich heen, op zoek naar een plek waar ze zich kan verbergen. Dan ziet ze een smalle ruimte tussen twee stellingen die haar niet eerder was opgevallen. Ze past er net tussen. Met ingehouden adem luistert ze naar de heen en weer lopende voetstappen en het gerammel van flessen in kratten. Even later slaat de deur van het magazijn dicht en is alles weer stil.

Een golf van misselijkheid overspoelt haar als ze eraan denkt wat er gebeurd zou zijn als Tycho haar hier had ontdekt. Ze herinnert zich maar al te goed de dreiging in zijn ogen, terwijl hij het mes over zijn wang liet glijden.

Ze wacht nog een poosje, maar alles blijft stil. Ten slotte besluit ze uit haar schuilplaats tevoorschijn te komen. Als ze zich tussen de stellingen uit probeert te wringen, voelt ze de voorste opeens wijken. Tot haar verbazing laat het gevaarte zich met één hand opzij duwen. Erachter komt een deur tevoorschijn die op een kier staat. Nieuwsgierig duwt ze hem verder open. Voor haar ligt een lange donkere gang waarvan het einde niet zichtbaar is. Haar stem klinkt vreemd hol als ze zacht Dylans naam roept. Eigenlijk verwacht ze geen antwoord, maar ze luistert toch.

Weifelend loopt ze een eindje de gang in en kijkt nieuwsgierig om zich heen. Hoewel het licht dat uit het magazijn naar binnen valt hier nauwelijks nog doordringt, is het toch niet helemaal donker. Er hangt een vaag schijnsel dat geen oorsprong lijkt te hebben en in het weinige licht dat er is, kan ze maar een paar meter voor zich uit zien. De rest van de gang is in duister gehuld.

Opeens hoort ze een geluid alsof er iemand op haar af komt geslopen. 'Dylan,' zegt ze half fluisterend. Meteen daarop ziet ze vanuit het donker een enorme zwarte hond opdoemen. Gewoonlijk is ze niet bang voor honden, maar nu blijft ze toch staan. 'Hé, wat doe jij hier?' vraagt ze om haar angst te verbergen.

De hond staat ook stil en gromt dreigend.

'Moet jij de boel hier soms bewaken?' gaat ze verder. 'Ik heb niets gepikt, hoor. Ik ben gewoon achter iemand aan gelopen die ik graag wil spreken. Hij moet hierlangs zijn gekomen.' Haar stem lijkt een kalmerende werking op het beest te hebben, want het grommen houdt op. Maar Chantal vertrouwt het niet. In de ogen van de hond is een vreemde gloed, alsof die van binnenuit komt, maar het kan ook zijn dat het licht vanuit het magazijn erin wordt weerkaatst.

Om het beest, maar ook zichzelf, gerust te stellen praat ze verder. 'Heb jij soms een jongen met dreadlocks gezien? Dylan heet hij. Hij was mijn vriend en ik mis hem.'

Het is of de hond zijn dreigende houding wat laat varen. Toch lijkt hij nog steeds wantrouwig, want hij komt langzaam en met stijve poten op haar af. Pas als hij vlak voor haar staat, ziet Chantal hoe enorm hij is. Terwijl het beest haar besnuffelt, voelt ze zijn warme adem in haar gezicht blazen. 'Braaf,' zegt ze zacht.

De staart van de hond zwiept even heen en weer.

Chantal ontspant. Maar als ze door wil lopen, gaat hij dwars staan en blokkeert zo de doorgang. Ze probeert zich nog tegen de wand te drukken om achter het beest langs te schuiven, maar hij laat haar niet door. Dan raapt ze al haar moed bijeen. 'Ga eens opzij,' zegt ze resoluut. 'Ik moet er echt langs.'

Als ze hem een duwtje geeft, komt er opnieuw een diep gegrom uit zijn keel en zijn ogen blikkeren vervaarlijk. Geschrokken doet Chantal een paar stappen achteruit. De hond lijkt weer wat te kalmeren en een poosje staan ze zo tegenover elkaar. Wat moet ze nu? Het beest lijkt niet van plan om haar te laten passeren.

Ineens heeft ze een soort herinnering. De hond komt haar bekend voor. Niet dat ze hem eerder heeft gezien, maar het is of iemand ooit iets over hem heeft verteld, of dat ze erover heeft gelezen. Ze weet het niet meer. Haar hoofd lijkt wel een zeef.

Plots valt het haar op dat de blik van de hond al een poosje strak op haar rechterhand is gericht. Dan beseft ze dat hij naar de bal kijkt die ze ongemerkt nog steeds vasthoudt. Die moet van hem zijn! Ze stuitert de bal tegen de grond en de hond veert meteen op. Vlug draait ze zich om en gooit de bal door de deuropening het magazijn binnen. Het beest stormt haar voorbij en door snel opzij te springen kan ze nog net voorkomen dat hij haar omverloopt. Meteen rent ze erachteraan en slaat de deur met een klap achter hem dicht. Met een bonzend hart leunt ze ertegenaan.

Vanuit het magazijn komt een gedempt lawaai en er valt iets.

Opeens klinkt er een harde bons. Ze voelt de deur bewegen en erachter blaft de hond woest. Er volgt een nieuwe bons en meteen ziet ze de deurkruk naar beneden gaan. Hoewel ze met haar volle gewicht tegen de deur leunt, weet ze dat ze het op deze manier niet lang vol zal houden.

Dan valt haar oog op de sleutel die in het slot onder de deurkruk steekt. Ze draait hem om. Nog een paar keer springt de hond woest tegen de gesloten deur, dan geeft hij het blijkbaar op.

Trillend over haar hele lichaam wacht Chantal af, maar alles blijft stil. Langzaam wordt ze rustiger. Plots herinnert ze zich weer dat ze Dylan wilde spreken. Daarom loopt ze de gang in, maar algauw moet ze stoppen. Nu het licht uit het magazijn niet meer naar binnen valt, ziet ze bijna niets meer. Als haar ogen aan het vage schijnsel gewend zijn gaat ze behoedzaam verder. Haar voetstappen klinken gedempt en het is net of ze in een dichte mist loopt. Alles heeft dezelfde grauwgrijze kleur. Daardoor kan ze nauwelijks zien waar de vloer ophoudt en de muren beginnen. Voor de zekerheid laat ze haar hand langs de muur glijden. Zo schuifelt ze langzaam voort.

Soms lijkt het of de gang een bocht maakt, of dat de vloer licht daalt en dan weer stijgt, maar zeker is ze daar niet van. Ze heeft geen flauw idee welke kant ze op gaat.

Zo nu en dan staat ze even stil om te luisteren, maar behalve haar eigen ademhaling is er geen geluid te horen. De doodse stilte benauwt haar en ze durft ook niet meer Dylans naam te roepen.

De gang lijkt eindeloos. Waar gaat hij in hemelsnaam naartoe? Ze heeft geen idee hoelang ze al gelopen heeft, maar omkeren durft ze niet, want dan moet ze weer door het magazijn en daar zit die valse hond ... Als ze Dylan wil spreken, zit er niet veel anders op dan door te gaan. Ergens moet deze gang toch heen leiden.

Ze begint de moed al een beetje op te geven, als ze in de verte een vage lichtschijn meent te zien. Meteen versnelt ze haar pas. Het licht wordt steeds duidelijker. Ten slotte ziet ze waar het vandaan komt: het valt door een deur die op een kier staat. Zou Dylan daar naar binnen zijn gegaan?

Op haar tenen sluipt ze erheen. Vanachter de deur klinken gedempte stemmen, maar ze kan niet verstaan wat er gezegd wordt.

Als ze door de kier in de ruimte erachter kijkt, wordt ze verblind door het licht. Op hetzelfde moment overvalt haar weer een duizeling. In een reflex zoekt ze steun tegen de deur die onmiddellijk wijkt. Even dreigt ze voorover te vallen, maar net op tijd grijpt ze zich vast aan de deurpost en hervindt zo haar evenwicht.

'Wat moet dat hier!' hoort ze opeens een barse stem zeggen.

Geschrokken kijkt Chantal op. In de deuropening staat een breedgeschouderde man. Zijn silhouet steekt donker af tegen een vreemde witte achtergrond. 'I… ik ben naar iemand op zoek,' stamelt ze.

'Naar wie?' vraagt hij op dezelfde barse toon.

'Naar Dylan. Hij is …' Ze hapert. 'Hij was mijn vriend,' verbetert ze zichzelf vlug.

De man kijkt even achterom, dan vraagt hij: 'Hoe ben je eigenlijk langs mijn hond gekomen?'

Dus toch een waakhond, gaat het door Chantal heen. 'Gewoon, hij ging het magazijn in,' antwoordt ze alleen.

De man vloekt en kijkt opzij, naar iemand die Chantal niet kan zien. 'Waar is die jongen?' roept hij nijdig. 'Hij heeft de deur open laten staan!'

Chantal is opeens klaarwakker. Hij heeft het over Dylan!

'Ik heb hem wel langs zien komen, maar ik weet niet waar hij gebleven is,' antwoordt een heldere vrouwenstem.

Chantal buigt zich naar voren en probeert naar binnen te gluren.

Ze wil zien wie de vrouw is. Maar ze ziet alleen wolken grijs-witte mist, alsof er daar binnen ergens een rookmachine staat te blazen. Net als in de disco ... Zou de gang haar daar soms ongemerkt naar terug hebben geleid? Maar waarom hoort ze dan geen muziek?

De man heeft zich omgedraaid naar de vrouw. 'Wat doen we met haar?' vraagt hij met een hoofdgebaar naar Chantal.

'Iemand moet haar maar terugbrengen,' antwoordt de vrouw.

'Maar wat als ze ...'

'Ik wíl niet terug!' kapt Chantal de man af. 'Ik moet Dylan spreken!'

'Die is hier niet,' bromt hij.

'Wel waar!' zegt ze. 'Ik heb hem zelf de trap af zien gaan naar de toiletten. Ik ben hem helemaal hierheen gevolgd. Hij moet hier zijn!' Ze probeert achter de man langs naar binnen te glippen, maar hij houdt haar tegen.

'Blijf daar,' zegt hij bars.

'Waarom?' Chantal probeert zijn met tattoos overdekte arm te ontwijken.

'Daarom,' antwoordt hij alleen.

Er springen tranen in haar ogen. 'U kunt hem toch wel even roepen?' smeekt ze.

Uit de mistflarden komt een vrouw naar voren. Ze is wat ordinair gekleed en heeft geblondeerd haar dat slordig is opgestoken, maar haar ogen staan vriendelijk. 'Maar wat wil je dan, liefje?'

'Gewoon ...' Chantal heeft nog steeds moeite om helder na te denken. 'Ik wil gewoon weten of hij het is die me al die mailtjes stuurt.'

'Mailtjes?'

Chantal knikt.

De vrouw wisselt een blik van verstandhouding met de man.

'Wat schreef hij dan?'

Chantal moet even nadenken. 'Dat hij me mist en dat hij nog steeds van me houdt. En in een van de laatste mailtjes vroeg hij of ik hiernaartoe wilde komen om hem te ontmoeten.'

De vrouw schudt meewarig haar hoofd. 'Laat hem los, mijn kind,' zegt ze. 'Die jongen is niks voor jou.'

'Maar kan ik hem dan niet nog één keer zien?' vraagt Chantal wanhopig.

De vrouw trekt de man aan zijn arm naar zich toe en fluistert iets in zijn oor. Daardoor heeft Chantal opeens een goed zicht op de ruimte achter hen. Voor zover ze kan zien, is er behalve de man en de vrouw niemand. Maar dat kan door de mist komen.

Als ze wat beter kijkt, is het of ze toch een aantal vage schimmen ziet. Een paar ervan lijken dichterbij te komen. Langzaam maken ze zich uit de nevelflarden los. Hun gestalten worden steeds duidelijker. Opeens houdt Chantal haar adem in. Die voorste jongen ... Ze wrijft over haar ogen, maar het beeld blijft onscherp. 'Dylan?' zegt ze half vragend. Opeens lijkt de mist op te trekken. 'Dylan! Je bent het echt!' roept ze.

Chantal struikelt half naar voren, maar de man komt dreigend naar de deur en verspert haar opnieuw de doorgang.

'Laat me erlangs!' roept ze.

'Achteruit!' Hij wijst haar gebiedend terug.

Geschrokken doet Chantal een paar stappen terug. 'Maar ik wil naar hem toe.' Ze strekt haar armen naar Dylan uit.

'Dat kan niet.' Onverzettelijk blijft de man in de deuropening staan.

'Blijf alsjeblieft daar,' hoort ze opeens Dylans stem. 'Als je eenmaal over deze drempel bent, kun je niet meer terug.'

'Waarom niet?'

'Daarom niet. Dat begrijp je toch wel?'

Het duizelt Chantal. Waar heeft Dylan het over?

'Laat mij maar even met haar praten,' zegt hij tegen de man. Die haalt zijn schouders op en stapt opzij.

Als in een roes ziet Chantal Dylan op zich af komen, maar in de deuropening blijft hij staan. 'Wat kom je hier eigenlijk doen?' vraagt hij.

Een ogenblik is ze sprakeloos. 'Ik kom voor jou.' Ze begint te huilen. 'Je hebt me zelf gevraagd of ik hierheen kwam! Je wilde me zien.'

Dylan zegt niets en kijkt haar alleen wat beduusd aan.

Chantal zou naar hem toe willen rennen en zich in zijn armen willen storten, maar zijn afstandelijke blik houdt haar tegen. 'Waarom doe je zo, Dylan?' snikt ze.

'Ik?'

'Ja, jij.' Door haar tranen heen ziet Chantal hoe er achter hem steeds meer schimmen uit de mist naar voren komen. Ze probeert ze te negeren en gaat verder: 'Je stuurt me het ene mailtje na het andere waarin je doet alsof …' Ze zwijgt abrupt. Er klopt iets niet. Opeens is het weer een ogenblik helder in haar hoofd. Hoe kan het dat Dylan hier zomaar voor haar staat? Hij leeft toch niet meer? Of vergist ze zich? Is het soms allemaal een boze droom? Ze probeert na te denken, maar het lukt haar niet. En als ze niet droomt, waar is ze dan nu en wat doet Dylan hier? Het valt haar op dat hij er wat verwezen bij staat, net als de gedaantes achter hem. Hij zal toch niet weer drugs hebben gebruikt? Ze durft het hem niet te vragen.

'Wat sta je daar nou,' zegt ze opeens vinnig. 'Ik mag niet naar jou toe van hem.' Ze knikt met haar hoofd naar de man. 'Maar dat betekent toch niet dat jij niet naar mij toe mag komen?'

Dylan schudt zijn hoofd.

'Je ziet toch dat die jongen geen interesse meer in je heeft?' zegt de man.

Chantal negeert zijn woorden. 'Dylan, wat doe je hier eigenlijk?' vraagt ze. Ze ziet hoe hij even schichtig naar de man kijkt.

'N… niets bijzonders,' stottert hij.

'Ga dan alsjeblieft met me mee,' smeekt ze. 'Je houdt toch nog wel van me?'

Dylan geeft geen antwoord op haar vraag. 'Ik zou wel willen,' zegt hij in plaats daarvan, 'maar ik kan hier niet weg.'

'Waarom niet?'

Dylan maakt een machteloos gebaar.

De vrouw komt erbij staan en legt een hand op zijn schouder. 'Waar ken je dat meisje eigenlijk van?' vraagt ze meelevend.

Dylan buigt zijn hoofd. Chantal meent tranen in zijn ogen te zien. Daarom antwoordt ze maar in zijn plaats: 'We kennen elkaar van school en van de band.'

Dylan knikt alleen.

'Hij is gitarist,' gaat ze verder, 'en hij schrijft ook songteksten. Weet je nog die song die je speciaal voor mij hebt geschreven? Het refrein zongen we altijd samen.' In een opwelling begint ze het te zingen.

*I can't live without you*
*I always dream about you*
*So take my hand*
*It's meant to be*
*now and forever*
*you're the one*
*the only one for me*

Terwijl ze zingt, ziet ze een traan over Dylans wang naar beneden lopen. Even aarzelt ze, dan besluit ze het eerste couplet te zingen, dat helemaal op hun eerste ontmoeting slaat.

*When I saw you standing there*
*with the light on your hair*
*and the smile on your face*
*I looked into your eyes*
*and you bewitched me*

Als ze aan het refrein begint, zingt Dylan opeens met haar mee. Een intens geluksgevoel doorstroomt haar. Het is weer net als vroeger. Samen op het podium. Op de achtergrond de begeleiding van de band. Ze hoort de bekende akkoorden. Als in een droom zingt ze verder.

*When I heard you sing along*
*with the lyrics of my song*

*your voice touched my heart*
*and I knew at once*
*this is the girl I've been waiting for*

Ze is zich niet meer van haar omgeving bewust. Alleen Dylan en zij lijken nog te bestaan. Maar onvermijdelijk nadert toch het laatste couplet. Nog een keer zingen ze samen het refrein, dan is het uit.

Zonder dat ze het gemerkt heeft, stromen de tranen over haar wangen. Ze veegt ze weg met de rug van haar hand, maar er blijven steeds nieuwe komen.

Opeens valt het haar op hoe stil het is. Waarom wordt er niet geklapt en gejuicht? Heeft het publiek deze song misschien te vaak gehoord? Of is er iets anders aan de hand? Ze droogt haar tranen. Als ze de drie vertekende gestalten voor zich ziet, beseft ze dat ze niet op het podium staat. Even is het of alles in haar hoofd door elkaar loopt, dan strekt ze haar armen verlangend naar Dylan uit. 'Alsjeblieft, kom met me mee,' smeekt ze. 'Ik hou van je.' Ze besluit het refrein nog een keer te zingen, maar haar stem gehoorzaamt haar niet meer en de woorden lopen door elkaar. Alles draait om haar heen. Een ogenblik heeft ze de neiging om zich gewoon op de grond te laten zakken en daarna niets meer, maar ze wil Dylan niet opnieuw kwijtraken.

Dan wordt het weer wat helderder in haar hoofd en ziet ze dat Dylan indringend op de man in staat te praten. Chantal probeert te verstaan wat hij zegt, maar het is of de mist dikker is geworden en alle geluid absorbeert. Ze ziet alleen dat de man onwillig zijn hoofd schudt. Hij wil al weglopen als de vrouw hem tegenhoudt. Ze buigt zich naar hem toe en fluistert iets in zijn oor. Er glinsteren tranen in haar ogen, ziet Chantal.

'Ja, hij wel, maar zij?' hoort ze de man zeggen.

'Daar hoef je niet bang voor te zijn,' antwoordt de vrouw.

Bang waarvoor? Chantal begrijpt niet waar ze het over heeft.

'Weet je hoe je hier gekomen bent, liefje?' vraagt de vrouw.

Chantal kijkt links en rechts de gang in en probeert zich te herinneren van welke kant ze kwam, maar ze weet het niet meer.

'Denk je dat je de weg terug kunt vinden?'

Verward kijkt Chantal naar de vrouw. Heeft ze het tegen haar? Ze schudt haar hoofd om het wattige gevoel eruit te verdrijven.

De vrouw wendt zich weer tot de man. 'Zie je wel,' zegt ze, 'het kind heeft geen idee. Ze moet terug naar boven en het beste is als je de jongen met haar mee laat gaan.'

Chantal is meteen klaarwakker.

'En als hij niet terugkomt?' vraagt de man. 'Je weet dat hij ...'

De rest kan Chantal niet verstaan.

De vrouw knikt. 'Dat is zo, maar je kunt dat kind echt niet alleen terug laten gaan. Ze moet langs Cerberus en die is niet te ...'

Chantal houdt haar adem in. Cerberus. Opeens herinnert ze zich iets. Iets wat ze op school heeft gehad. Iets wat te maken heeft met waar ze nu is. Ze probeert te bedenken wat, maar het schiet haar maar niet te binnen. Het is of de mist die hier hangt nu ook in haar hoofd zit. De stem van de man komt er vaag doorheen: '... is nog nooit gebeurd ... wil geen risico lopen ...'

'Je hoeft je geen zorgen te maken,' hoort ze de vrouw als van heel ver zeggen. 'Ze houdt haar mond wel. Je ziet toch dat ze behoorlijk ver heen is?'

Chantal probeert te begrijpen waar ze het over hebben, maar het is of de woorden hun betekenis hebben verloren.

'Nou, vooruit,' bromt de man, 'laat dat jong dan maar met haar meegaan.'

Opeens dringt wat hij zegt tot Chantal door. Als in een droom ziet ze Dylan op zich afkomen. Tegen het licht dat door de deur de gang in valt, is zijn gezicht nauwelijks te zien. Ze wil zich al in zijn armen storten, maar de man roept hem terug.

'Ga maar alvast,' zegt Dylan en hij loopt terug.

Chantal aarzelt. De gang lijkt nog donkerder dan eerst. Ze begint te lopen, maar na een paar stappen staat ze alweer stil. Ze zwaait op haar benen.

'Nog een paar dingen,' hoort ze de man zeggen. Met gedempte stem gaat hij verder: '… moet geheim blijven …' Chantal spitst haar oren. '… je de boel afsluit … mag ze vooral niet omkijken …'

Niet omkijken … Chantal fronst. Waaraan doen die woorden haar ook alweer denken?

Opeens gaat er een schok door haar heen, alsof ze door de bliksem wordt getroffen, en een ogenblik is het of de mist in haar hoofd optrekt. Kwam het niet uit die oude Griekse mythe, waarover Van Hierden laatst had verteld? Orpheus en Eurydice? Hij had er een hele les aan gewijd. Het verhaal ging over de zanger Orpheus die zijn vrouw Euridyce was kwijtgeraakt door een slangenbeet, over hoe hij treurde om het verlies van zijn geliefde en hoe hij afdaalde naar de onderwereld om haar terug te halen.

Opeens dringt het tot haar door: de onderwereld! Daar is ze dus! Ze draait zich om en kijkt naar de man die nog steeds met Dylan staat te praten. '… en dan moet je meteen terugkeren,' hoort ze hem zeggen.

Chantal ziet hoe Dylan met een bedrukt gezicht knikt. Het klopt allemaal, denkt ze. Als ze omkijkt, moet hij terugkeren naar de onderwereld. Ze moet dus oppassen dat ze …

'Ga je mee?' hoort ze Dylans stem opeens naast zich.

Het liefst zou ze zich nu in zijn armen willen storten, maar ze wendt haar hoofd af en loopt de donkere gang in. Ze heeft moeite om haar gedachten erbij te houden, maar ze beseft dat als ze Dylan terug wil krijgen, ze niet om mag kijken, anders is ze hem voor altijd kwijt. Orpheus mocht ook niet omkijken, maar hij had het toch gedaan en toen moest zijn geliefde Eurydice voor eeuwig terug naar de onderwereld. Dus om te voorkomen dat zij diezelfde fout maakt, moet ze zorgen dat ze hem voor blijft. Maar ze komt niet vooruit. Het is of haar benen van schuimplastic zijn. Opeens is het of de vloer onder haar voeten wegzakt. Ze tuimelt tegen de wand en alles wordt zwart voor haar ogen.

Als iemand haar overeind probeert te trekken komt ze bij. 'Zo komen we er nooit,' hoort ze Dylan mopperen. Ze voelt hoe er een paar pilletjes in haar mond worden gestopt.

'Doorslikken,' zegt hij. 'Dit pept je een beetje op.'

Ze slikt gehoorzaam, maar haar mond is droog en ze blijven in haar keel hangen.

'Blijf maar even zitten,' gaat hij verder. 'Het werkt vrij snel.'

Eindelijk zijn de pillen weg, maar de vieze smaak blijft hangen. Dan, van het ene moment op het andere, is het of het licht in haar hoofd aangaat. Ze voelt hoe er nieuwe energie door haar lichaam stroomt. Ze krabbelt overeind en wil zich al dankbaar naar Dylan omdraaien als ze zich opeens herinnert dat ze niet mag omkijken.

'Moet ik je ondersteunen?' hoort ze hem vragen.

Ze schudt haar hoofd. 'Nee, het gaat wel weer.' Het is of het niet alleen lichter is in haar hoofd, maar ook de gang lijkt minder donker. Terwijl ze verder loopt, luistert ze scherp of Dylan haar wel volgt. Zijn voetstappen zijn duidelijk hoorbaar en gerustgesteld loopt ze door.

Veel eerder dan verwacht staat ze weer voor de deur naar het magazijn. Zonder Dylan aan te kijken doet ze een stapje opzij. Als hij knarsend de sleutel in het slot omdraait, komt er van achter de deur een gedempt geblaf.

'Cerberus, hou je kop!' roept Dylan.

Chantal houdt haar adem even in. Weer die naam! Cerberus. Heette de hellehond die de toegang tot de onderwereld moest bewaken ook niet zo? Het volgende ogenblik stormt de hond de gang in, waarbij zijn logge lijf haar bijna omverwerpt.

Maar Dylan vangt haar op en duwt haar het magazijn in. 'Loop even een eindje door en wacht daar op me,' zegt hij. 'En denk erom dat je niet omkijkt,' voegt hij eraan toe.

Daar heb je het weer, denkt Chantal. Niet omkijken. Ze denkt terug aan wat Van Hierden had verteld. Het klopte allemaal. Waarom had ze zich dat niet eerder gerealiseerd? Het water dat ze over had moeten steken was natuurlijk de Styx geweest en de man die haar had overgedragen, was de veerman ... Wat was zijn naam ook alweer? Hades? Nee, dat was de god van de onderwereld. Was dat de man met de tattoos die ze had gezien? Hij zag er niet echt uit als een god. En die vrouw, wie was dat dan? Chantal probeert zich haar gezicht voor de geest te halen, maar haar beeld is vervaagd.

Chantal weet niet meer wat ze ervan moet denken. Is het echt wat ze nu meemaakt of droomt ze het allemaal? En het is toch wel Dylan die daar achter haar bezig is? Ze draait zich al half naar hem om, maar bedenkt zich net op tijd. Door die beweging verliest ze bijna haar evenwicht. Tegelijk wordt ze overvallen door een golf van misselijkheid. Ze moet zich een ogenblik vasthouden aan een van de stellingen om overeind te blijven.

'Ik ben klaar,' hoort ze Dylan achter zich zeggen. 'Loop maar door.'

Ze doet wat hij zegt. Als ze bij de deur van het magazijn aankomt, aarzelt ze even. Stel je voor dat Tycho net op dat moment ... Maar ze hoeft niet meer bang voor hem te zijn. Dylan is immers bij haar. Met een resoluut gebaar drukt ze de klink naar beneden. Terwijl de deur openzwaait, hoort ze het gedempte geluid van discomuziek. Ze is weer terug in de herentoiletten.

'Zo, vanaf hieraf weet je wel hoe je verder moet, hè?' klinkt Dylans stem opeens achter haar.

Bijna had Chantal weer omgekeken. 'Je gaat toch wel met me mee naar boven?' vraagt ze geschrokken.

'Als je dat wilt ...'

'Ja, natuurlijk wil ik dat.'

'Oké dan,' antwoordt Dylan.

Gespannen luistert Chantal naar zijn voetstappen die weerkaatsen in de betegelde ruimte. Volgde hij haar wel? Waarom had hij anders gevraagd of ze wist hoe ze verder moest? Hij wilde toch wel met haar mee? Ze was speciaal voor hem naar de onderwereld gekomen. Misselijk van de zenuwen loopt ze verder.

Als ze de deur van de herentoiletten opendoet, staat ze opeens weer voor de waterstroom aan haar voeten. 'De Styx,' mompelt ze.

'Gewoon doorlopen,' zegt Dylan achter haar. 'Het is niet diep.'

Behoedzaam stapt ze de rivier in. Hij is inderdaad heel ondiep. Het water komt niet hoger dan de rand van haar schoenen. Voordat ze het weet, is ze erdoorheen en staat ze onder aan de trap. Opeens is ze doodmoe. Hoe komt ze in hemelsnaam boven? Met alle kracht die ze nog in zich heeft, pakt ze de leuning en begint ze aan de klim naar boven. Met iedere tree wordt de muziek luider. Ten slotte kan ze Dylans voetstappen niet meer horen. Ze staat stil om te luisteren. Is hij er nog wel? Maar ze wil niet omkijken. Ze is niet van plan om dezelfde fout als Orpheus te maken.

'Dylan, ben je er nog?' roept ze daarom over haar schouder.

'Ja, ga nou maar door,' antwoordt hij.

Opgelucht gaat ze verder. Haar hart bonst tegen haar ribben alsof het eruit wil springen en haar hoofd knalt zowat uit elkaar van de koppijn. Nog nooit heeft ze zich zo ellendig gevoeld. Met haar laatste krachten sleept ze zich de laatste paar treden op. Ze klampt zich aan de leuning vast om overeind te blijven.

'Dylan, help me even!' roept ze. 'Ik kan niet meer op mijn benen staan.'

Er komt geen antwoord.

'Dylan! Alsjeblieft!'

Achter haar blijft het stil. Hij zal toch niet … Opeens kan ze zich niet langer bedwingen en kijkt ze om. Nog net ziet ze Dylans hoofd in het trapgat verdwijnen. Dylan, kom terug, wil ze nog roepen, maar haar stem begeeft het. De geluiden om haar heen beginnen weg te vallen. Gezichten vervagen en alles om haar heen begint te draaien.

HOOFDSTUK 11

Als Chantal haar ogen opslaat, kijkt ze recht in het gezicht van haar vader.

'Godzijdank, ze is er weer,' hoort ze hem zeggen.

Terwijl ze zich afvraagt wat hij daarmee bedoelt, dringt er een bekende geur haar neus binnen, die ze niet meteen kan thuis brengen.

'Mama is er ook.' Haar vader knikt naar haar rechterkant.

Als ze haar hoofd opzij draait, ziet ze haar moeder staan. Ze probeert te glimlachen, maar haar gezicht voelt vreemd krachteloos aan. Verward voelt ze eraan. Tegelijk gaat er een gemene steek door haar hand. Ze kijkt ernaar en het duurt even voordat het tot haar doordringt dat er een infuusnaald in zit. 'Huh?' kan ze er alleen maar uitbrengen.

'Je bent in het ziekenhuis, lieverd.' Haar moeder streelt over haar voorhoofd.

Wat verwezen kijkt Chantal om zich heen. Boven haar bed hangt een kleine televisie. Hij staat uit. Een paar meter verderop ziet ze een opgemaakt maar leeg bed met daarachter twee kastendeuren. Tegenover haar is alleen een kale muur.

'H... hoe k... kom ik hier?' Ze heeft moeite met praten.

'Weet je dat niet?' vraagt haar vader.

Chantal denkt na, maar het is of er een dikke mist in haar hoofd zit die alles heeft uitgewist. Ze schudt haar hoofd. Meteen overvalt haar een golf van misselijkheid. Ze probeert die weg te slikken, maar haar mond is kurkdroog. Op het kastje naast haar bed ziet ze een glas water staan. Ze wijst ernaar. 'Dorst,' fluistert ze.

Haar moeder pakt het glas. Met haar andere hand ondersteunt ze Chantals hoofd en laat haar drinken.

Met een zucht zakt ze terug in de kussens. Ze voelt zich gelukkig wat beter. 'Hoe kom ik hier?' vraagt ze nog steeds een beetje schor.

'Gisteravond ben je in de disco in elkaar gezakt en toen …'

'In de disco?'

'Ja, weet je dat niet meer?' vraagt haar vader. 'Je bent daar met Thomas heen geweest.'

Er komen een paar vage herinneringen naar boven. Ze knikt.

'Wat is daar gebeurd dat je hier terecht bent gekomen?'

Chantal probeert het zich te herinneren, maar haar hoofd voelt leeg. 'I… ik weet het niet meer,' stamelt ze.

'Je wilde de plek nog een keer zien waar dat met Dylan gebeurd is,' helpt haar moeder haar herinneren. 'Je zei dat je erheen wilde om die nare periode af te sluiten.'

Chantal staart naar de lege muur voor haar. De gedachten die door haar hoofd gaan zijn zo vluchtig dat ze verdwenen zijn voordat ze ze kan uitspreken. 'Ja, ik weet het weer,' zegt ze dan maar.

'Van wie heb je die drugs eigenlijk gehad?' vraagt ze verder.

'Drugs?' Niet-begrijpend kijkt Chantal haar moeder aan.

'Ja, daardoor ben je hier terechtgekomen.' De stem van haar vader klinkt verwijtend. 'Je was bewusteloos toen ze je hier gisteravond binnenbrachten. De doktoren hebben voor je leven gevochten.'

Het duurt even voordat het tot Chantal doordringt wat haar vader zegt.

'In je bloed hebben ze twee soorten drugs gevonden,' gaat hij verder. 'Als je wat later in het ziekenhuis was aangekomen, dan had je het niet overleefd.'

Chantal kijkt haar vader ongelovig aan.

Opeens begint haar moeder te huilen. 'Waarom heb je het gedaan, lieverd?' vraagt ze snikkend.

'Gedaan? Wat gedaan?' mompelt Chantal.

'Pillen geslikt.'

De mist in Chantals hoofd lijkt opeens verdwenen. 'Ik heb helemaal geen pillen geslikt!' zegt ze verontwaardigd.

'Lieg niet, Chantal,' zegt haar vader. 'De dokters ...'

'Kees!' onderbreekt haar moeder hem.

Chantals vader gebaart boos dat ze moet zwijgen. 'Heb je die troep soms van Thomas gekregen?' gaat hij verder.

Chantal kijkt hem ongelovig aan. 'Nee, natuurlijk niet.'

'Van wie dan?'

Chantal kan alleen maar haar hoofd schudden.

'Je wilt me toch niet vertellen dat al die rotzooi die in je bloed is gevonden een verzinsel is van de dokters?' zegt haar vader bars. 'Hoe komt het anders dat je hier ligt?'

Chantal, die niet gewend is dat haar vader zo'n toon tegen haar aanslaat, begint te huilen.

'Alsjeblieft, Kees,' hoort ze haar moeder zeggen, 'niet nu.' Ze voelt hoe mams hand troostend over haar hoofd glijdt.

'Toen we dat hoorden van Dylan, hadden we meteen met haar moeten praten,' bromt haar vader.

Chantal probeert overeind te komen. 'Wat hoorden?'

Haar vader antwoordt niet meteen. 'Dat hij aan de drugs was.'

Chantal zakt terug in de kussens. Met grote ogen kijkt ze van de een naar de ander. Dus haar ouders wisten het ook al.

'Ik was zo bang dat hij je mee zou slepen in de drugsscene,' neemt haar moeder het van hem over. 'Maar we wilden eerst zeker weten of het wel waar was. Kort daarop kregen we die zekerheid en juist toen we hadden besloten om er met jou over te praten, gebeurde dat vreselijke met Dylan. We dachten juist dat je er een beetje overheen begon te raken, en nu lig jij ook met een overdosis in het ziekenhuis. Was dat soms ...'

'Wil het bezoek afscheid nemen?' klinkt opeens een mannenstem bij de deur. Een verpleger kijkt de kamer in. 'Uw dochter heeft rust nodig. Ze is nog maar net bij kennis. Haar lichaam is op het ogenblik druk bezig om alle gifstoffen die erin zitten op te ruimen en daarom moet ze veel slapen.'

'We gaan al,' zegt Chantals vader. Terwijl hij opstaat, schuurt zijn stoel krassend over de vloer.

Chantals moeder slaat haar ogen beschaamd neer. 'Mogen we vanavond wel op het bezoekuur komen?' vraagt ze.

'Ja, natuurlijk,' antwoordt de verpleger.

Chantal voelt hoe haar moeder een kus op haar voorhoofd drukt. 'Tot vanavond, lieverd,' fluistert ze.

'Ja, tot vanavond,' zegt haar vader. Hij staat wat naast haar bed te schutteren, dan buigt hij zich opeens over haar heen en drukt haar tegen zich aan. 'Nooit meer zulke domme dingen doen, hoor,' fluistert hij bij haar oor.

Chantal weet niet wat ze daarop moet zeggen, daarom zegt ze maar niets. Als haar ouders de kamer uit lopen, zwaaien ze nog even. Ze zwaait terug en luistert dan naar hun voetstappen, die steeds zwakker worden. Als ze die niet meer hoort, sluit ze haar ogen. Niet meer zulke domme dingen doen, zei haar vader. Wat bedoelde hij daarmee? Ze kan de gedachten die door haar hoofd spoken niet vasthouden, daarom laat ze ze maar los en luistert naar de onbestemde geluiden die vanuit de gang haar kamer binnenkomen. Er klinkt een zacht gerammel, als van een boodschappenkarretje in een supermarkt, een deur die dichtgaat, een piepende toon die even plotseling ophoudt als hij begonnen is. Van ver hoort ze voetstappen dichterbij komen en stemmen die gedempt met elkaar praten. Zijn haar vader en moeder teruggekomen? Maar de voetstappen gaan haar kamer voorbij.

Ze probeert het gesprek van daarnet terug te halen, maar het is of de mist in haar hoofd is teruggekeerd. Nog even doet ze moeite om wakker te blijven, dan voelt ze hoe ze wegzakt in een peilloos diepe slaap.

Een zacht geluid wekt Chantal. Als ze haar ogen opent, kijkt ze tegen een enorme bos bloemen aan.

'O, je bent wakker,' hoort ze iemand zeggen. Vanachter de bloemen komt het hoofd van Thomas tevoorschijn.

'Hoi,' zegt ze nog een beetje suf.

'Ik heb een bloemetje voor je meegebracht.' Met een verlegen gezicht legt hij ze op haar buik.

Dat had je niet hoeven doen, wil Chantal al zeggen, maar ze slikt haar woorden in. 'Ze zijn prachtig,' zegt ze in plaats daarvan. 'Ik zal straks vragen of iemand ze in een vaas kan zetten.'

'Dat doe ik wel even.' Thomas wijst naar het raam. 'Daar in de vensterbank staat een glazen pot.'

Terwijl hij erheen loopt, herinnert Chantal zich opeens de vraag van haar vader: of ze die drugs soms van Thomas heeft gekregen. En ze weet ook haar antwoord nog: dat dat niet zo was. Maar áls er drugs in haar bloed waren gevonden, dan moest ze die toch van íemand hebben gekregen? Ze kijkt naar Thomas, die de pot bij de wastafel staat te vullen. Ze kan zich niet herinneren dat hij haar pilletjes of wat dan ook heeft gegeven.

Als hij weer naar haar toe komt, ontwijkt ze zijn blik.

Zwijgend haalt Thomas het cellofaan van de bloemen en zet ze in de pot.

'Mooi zijn ze,' zegt Chantal. Op hetzelfde ogenblik valt haar oog op het dienblad dat ook op haar tafeltje staat. Er staat een bord op met twee boterhammen en daarnaast een kopje waar een vaag sliertje damp van afkomt.

'Hoe laat is het eigenlijk?' vraagt ze.

Thomas kijkt op zijn horloge. 'Kwart voor zes,' antwoordt hij.

'Zo laat al?' roept ze.

'Sst, niet zo hard,' fluistert Thomas. 'Ik mag hier eigenlijk niet zijn.'

'Hoezo niet?' vraagt Chantal.

'Bij de balie beneden vroeg ik waar je lag en toen hoorde ik dat vandaag alleen je ouders bij je mochten. Maar ik had net die bloemen gekocht, dus ik dacht, ik breng ze alleen even. Toen die vrouw achter de balie daarna met iemand anders bezig was, ben ik erlangs geglipt. Dus ik ga zo maar weer.'

Chantal pakt zijn arm. 'Alsjeblieft, blijf nog even.'

'Ja, maar als er een verpleegster binnenkomt ...'

'Dan word je hooguit weggestuurd.'

Thomas glimlacht flauwtjes. Hij loopt om het bed heen en gaat op de stoel zitten die ernaast staat. 'Komen je ouders nog?' vraagt hij.

'Ze zouden vanavond komen.'

'Hoe laat?'

'Ik weet het niet.'

Thomas staart naar buiten. 'Ik kom ze liever niet tegen,' zegt hij na een korte stilte.

'Waarom niet?'

'Ik had ze beloofd dat ik op je zou passen,' zegt hij alleen.

Chantal moet even nadenken, dan begrijpt ze wat hij bedoelt. 'Dat heb je toch gedaan?'

Thomas schudt zijn hoofd. 'Ik had bij je moeten blijven, maar ik ben naar dat meisje toe gegaan dat Luuk had aangewezen. Weet je nog?'

Chantal fronst.

'Dat meisje dat wist wie Dylans iPhone had gevonden.'

'O, ja.' Het begint haar te dagen.

'Maar die jongen was er nog niet,' gaat Thomas verder. 'Ze wist ook niet hoe hij heette, maar zodra ze hem zag, zou ze mij bellen op mijn mobiel.'

'Heeft ze dat gedaan?'

'Ik weet het niet. Ik heb er ook niet echt meer op gelet, want toen ik op de plek kwam waar ik jou en Luuk had achtergelaten, waren jullie daar niet meer. Ik heb me rot gezocht naar je. Op een gegeven moment kwam ik alleen Luuk tegen. Ik vroeg waar je was, maar hij wist het ook niet. Hij vertelde dat je je had gesneden en dat hij je hand had verbonden en dat je toen ...'

Chantal kijkt naar haar linkerhand waar om haar middelvinger een pleister zit. Er komt opeens een beeld naar boven van een plas bier die rood kleurt door het bloed dat erin drupt. Heeft ze zich gesneden? Maar waaraan dan? Ze kan er niet op komen en luistert weer naar Thomas.

'... is Luuk jou ook kwijtgeraakt. Je rende opeens de dansvloer op en daarna was je verdwenen.'

Chantal herinnert het zich opeens allemaal weer. Zou Luuk Dylan ook hebben gezien? Maar als dat zo was, dan zou hij dat toch wel aan Thomas hebben verteld? 'Wat zei Luuk verder?' vraagt ze.

'Dat hij nog een poosje op je heeft staan wachten, maar dat je niet meer terugkwam.' Afwachtend kijkt Thomas haar aan. 'Waar heb je eigenlijk al die tijd gezeten?' vraagt hij ten slotte.

Chantal ziet weer voor zich hoe Dylan plotseling wegliep en hoe ze achter hem aan was gegaan. Ze durft het alleen niet aan Thomas te vertellen. Hij zal denken dat ze gek is. 'Op de wc,' zegt ze dan maar.

'Toch niet al die tijd?'

'Nee.' Chantal merkt dat haar geheugen steeds meer terug begint te komen. De beelden die door haar hoofd gaan worden steeds helderder.

'Waar ben je dan verder geweest?'

'Ik wou dat ik het zelf wist.' Chantal aarzelt. 'Het is een raar verhaal.' Zonder iets te zeggen over Dylan begint ze te vertellen. Van de overstroming in het damestoilet en dat ze toen naar het herentoilet moest. Dat daar een deur naar het magazijn was en dat ze daar naar binnen was gegaan.

'Was die dan open?' vraagt Thomas.

Chantal knikt. 'Achter in het magazijn ontdekte ik een andere deur,' vervolgt ze. 'Toen ik daardoorheen ging, kwam ik in een lange gang. Ze hadden daar een hond en …'

'Ze?'

'Ja, daar kom ik zo aan. Het was een soort Deense dog, Cerberus heette dat beest.' Chantal kijkt Thomas aan, maar die zegt niets. 'Hij wilde me er niet langs laten,' gaat ze daarom verder. Ze vertelt van de bal die ze in het magazijn heeft gevonden en hoe ze daarmee de hond beet heeft genomen. Ze grinnikt.

Thomas' gezicht staat strak. 'En toen?' vraagt hij.

'Toen ben ik doorgelopen. Ik kwam bij een deur waardoor licht de gang in scheen.' Chantal denkt even na. Haar herinnering is onscherp en ze begint te twijfelen. Was wat ze beleefd had wel echt? En Dylan dan? Om er niet langer over na te hoeven denken, vertelt ze verder. 'Achter die deur waren een man en een vrouw en die leken niet erg blij toen ze me zagen.'

'Waarom ben je toen niet teruggegaan?' vraagt Thomas.

Chantal geeft niet meteen antwoord. Ze aarzelt of ze zal vertellen dat Dylan daar ook was, maar ze doet het niet. In plaats daarvan vraagt ze: 'Ken je het verhaal van Orpheus en Eurydice?'

Thomas kijkt haar verbaasd aan. 'Ja, dat heb ik met Grieks gehad.'

Chantal knikt. 'Weet je nog waar het over ging?'

'Ja, natuurlijk. Over Orpheus die zijn geliefde uit de onderwereld wilde halen en die ...'

'Volgens mij ben ik daar geweest,' onderbreekt Chantal hem.

'Hè?' Thomas' mond valt open. 'Waar?'

'In de onderwereld.' Ze begint haastig te vertellen. 'Het klopt allemaal. Het water in de toiletten was de rivier de Styx en de man die me eroverheen droeg was de veerman. Ik weet zijn naam niet meer.'

'Charon,' zegt Thomas.

'O, ja.' Meteen gaat Chantal verder. 'En de naam van die hond klopte ook: Cerberus.'

Thomas trekt zijn wenkbrauwen op. 'Ik ken ook een hond die zo heet.'

Chantal is even in de war. 'Maar die man en die vrouw die ik heb gezien dan?'

'Wat is daarmee?'

'Die man had het erover dat ik niet om mocht kijken.'

Thomas schudt ongelovig zijn hoofd. 'Heeft hij je soms iets gegeven?' vraagt hij.

'Je bedoelt drugs?'

Thomas knikt.

Daar moet Chantal weer even over nadenken. Voor zover ze zich kan herinneren, heeft ze niets van de man of de vrouw gehad. Het moet eerder zijn geweest. Maar wanneer dan? Ze voelde zich al zo raar in de disco. De grond deinde onder haar voeten toen ze naar Dylan liep. 'Er is nog iets dat ik je niet heb verteld,' zegt ze in een opwelling.

Thomas fronst. 'Wat dan?'

'Dylan was daar ook.'

'Waar?'

'In de onderwereld.'

HOOFDSTUK 12

'Hallo,' klinkt er opeens een zware mannenstem. 'Mag ik even binnenkomen?'

Een beetje verschrikt kijkt Chantal naar de politieman die in de deuropening staat.

'Wees maar niet bang,' zegt hij. 'Ik wil alleen wat vragen stellen over wat er gisteren is gebeurd.'

'Oké,' zegt Chantal aarzelend.

De agent komt met een uitgestoken hand naar haar toe. 'Chris Willemse, politie Kennemerland,' stelt hij zich voor. Terwijl hij Thomas ook een hand geeft, gaat zijn blik naar Chantal. 'Is dat je vriend?' vraagt hij.

Chantal voelt hoe ze bloost. 'Nee, gewoon een vriend,' antwoordt ze met de nadruk op 'een'.

De agent wendt zich weer tot Thomas. 'Was jij er gisteren bij toen het gebeurde?' vraagt hij.

Thomas knikt.

'Dus dan weet jij waarschijnlijk wel hoe ze aan die drugs is gekomen?'

'Nee,' antwoordt Thomas alleen.

'Jullie waren niet samen?'

'Nee, een deel van de tijd niet,' antwoordt Thomas stroef.

De agent kijkt hem een ogenblik peinzend aan. 'Zou ik misschien even alleen met Chantal kunnen praten?' vraagt hij dan.

'Hoezo?' vraagt Thomas wat vijandig.

'Zo is de procedure nu eenmaal.'

Thomas staat op. 'Nou, dan ga ik maar,' zegt hij.

Chantal pakt hem bij zijn mouw. 'Als hij klaar is,' ze gebaart met haar hoofd naar de agent, 'kom je dan nog terug?'

'Ja, dat is goed.'

'Dat komt goed uit,' zegt de agent, 'want ik wil je vriend ook nog het een en ander vragen.' Hij draait zich om naar Thomas. 'Over tien minuten ben ik hier klaar en dan praten wij even met elkaar. Dus als je beneden in de hal op me wilt wachten ...'

'Moet dat?'

'Nee, dat hoeft niet. Ik kan je ook vragen om mee naar het bureau te komen.'

Terwijl Thomas naar de deur loopt, draait hij zich nog een keer om naar Chantal. 'Hij wil ons onafhankelijk van elkaar ondervragen zodat we onze antwoorden niet op elkaar kunnen afstemmen,' moppert hij.

'Zo is dat,' zegt de agent. Hij wacht tot Thomas de deur achter zich dicht heeft gedaan en gaat dan op zijn stoel zitten. 'Zijn er soms dingen waarvan jullie niet willen dat de politie erachter komt?' valt hij met de deur in huis.

'Ik zou niet weten wat,' antwoordt Chantal.

'Over waar jullie die drugs vandaan hebben bijvoorbeeld?'

Ik gebruik geen drugs, wil ze al zeggen, maar ze slikt haar woorden in. 'Ik weet dat er drugs in mijn bloed zijn gevonden,' begint ze daarom maar, 'alleen heb ik geen flauw idee hoe ik die binnen heb gekregen.'

De agent fronst. 'Heb je wel eens eerder drugs gebruikt?'

Chantal aarzelt. Dan besluit ze het maar te vertellen. 'Mijn vriend Dylan heeft wel eens een blowtje voor me gedraaid, maar ik werd er draaierig en misselijk van en tegen xtc kon ik ook niet. Daarna heb ik het nooit meer geprobeerd, laat staan iets sterkers.'

De blik van de agent is sceptisch. 'Maar gisteren heb je toch behoorlijk wat van die troep naar binnen gewerkt, anders lag je nu niet in het ziekenhuis.'

'Ik heb geen drugs gebruikt!' roept ze uit. 'Tenminste, niet dat ik weet.'

De agent kijkt haar peinzend aan. 'Het was toch jouw vriend die aan een overdosis is gestorven?'

Het woord veroorzaakt opnieuw een schok. Er springen tranen in haar ogen en ze kan alleen maar knikken.

Wat onhandig legt de agent een hand op haar arm. 'Ik begrijp dat je daar nog steeds niet overheen bent,' zegt hij.

Chantal geeft geen antwoord. Als bladeren in een storm jagen de gedachten door haar hoofd. Ja, natuurlijk was ze daar nog niet overheen. Over zoiets kwam je nooit helemaal heen. Maar door al die stomme opmerkingen werd het verdriet alleen maar weer opgerakeld. Ze kon het woord overdosis niet meer horen! En dan die onderzoekende blik waarmee die agent haar zat aan te kijken …

'Ik moet je iets vragen,' begint hij opeens weer. 'Ik vind het vervelend om het er juist nu over te hebben, maar …' Hij schuifelt wat ongemakkelijk heen en weer op zijn stoel, 'maar hoe pijnlijk het ook is, ik moet het weten.' Terwijl hij wacht voordat hij verder gaat, voelt Chantal hoe hij even troostend in haar arm knijpt. 'Was je soms van plan om een einde aan je leven maken?'

De woorden treffen Chantal als een mokerslag. Tegelijk herinnert ze zich de woorden van haar vader: *Nooit meer zulke domme dingen doen, hoor.* Ze barst in tranen uit. Iedereen leek te denken dat ze zelfmoord wilde plegen. Hoe kwamen ze erbij? Het was zelfs nog nooit bij haar opgekomen.

'Geef eens antwoord,' onderbreekt de agent haar gedachten. 'Heb je bewust een overdosis genomen?'

Het is of er iets in haar knapt. 'Nee, natuurlijk niet!' roept ze. 'Dat zou ik nooit doen!'

De agent fronst. 'Het vreemde is namelijk dat je net als Dylan een hoge dosis xtc en GHB in je bloed had. Een heel gevaarlijke combinatie.'

Chantal staart hem verbijsterd aan. 'Dat kan niet!' roept ze opeens. 'En ik wil er ook niet meer over praten!' Ze probeert haar tranen te drogen, maar er komen steeds nieuwe.

De agent haalt een zakdoek uit zijn zak en houdt haar die voor. Chantal schudt haar hoofd. 'Ga alstublieft weg,' snikt ze.

Hulpeloos kijkt de agent haar aan. 'Zal ik iemand van de verpleging roepen?' vraagt hij.

'Nee. Ik wil graag even alleen zijn. Ik wil nu niemand bij mijn bed.'

'Die jongen ook niet?'

Ze denkt even na. 'Ja, alleen hij,' zegt ze dan.

'Je zei toch dat hij gewoon een vriend was, niet jé vriend?'

Een ogenblik weet Chantal niet wat hij bedoelt, dan begrijpt ze dat hij haar er indirect van beschuldigt dat ze gelogen heeft. 'Ik wil dat u nu weggaat!' roept ze kwaad.

De agent staat op. 'Ik ga al,' zegt hij. 'Maar ik hoop dat je begrijpt dat ik ook mijn werk moet doen. Ik kom wel een keer bij je langs als je weer thuis bent. Goed?'

Om ervan af te zijn knikt Chantal. Ze hoort hoe zijn zware voetstappen de kamer uit gaan en hoe hij de deur zacht achter zich sluit. Dan is het stil, maar in Chantals hoofd is het een chaos.

Toen de agent vroeg of ze bewust een overdosis had genomen, was haar opeens iets te binnen geschoten. De dag na Dylans begrafenis had ze niet naar school gewild. Ze kon alle troostende woorden en meewarige blikken even niet meer verdragen. Haar moeder had aangeboden om ook thuis te blijven, maar dat had ze niet gewild. Kort nadat mam de deur achter zich dicht had getrokken, was ze naar boven gegaan en had het medicijnkastje opengetrokken. Ze had een poosje met een strip slaappillen en twee doosjes pijnstillers in haar hand gestaan, maar ten slotte had ze alles weer teruggelegd.

Ze had er dus wél over gedacht. Maar gisteren niet. Tenminste …?

Ze kan zich nog maar weinig herinneren van wat er gebeurd is. Ze weet nog wel dat ze Dylan op de dansvloer zag en dat ze hem naar beneden is gevolgd en ook dat ze het magazijn in is gegaan. Ze kan zich zelfs nog herinneren dat ze achterin een deur ontdekte, maar daarna werd alles vaag.

Had ze toen die drugs al in haar lichaam? Ze weet zeker dat ze in de disco geen pillen heeft geslikt, maar wanneer dan wel? Terwijl ze daarover na ligt te denken, ziet ze Thomas de kamer binnenkomen. Van de weeromstuit begint ze opnieuw te huilen.

'Stil maar,' zegt hij. Wat onhandig wrijft hij over haar schouder. 'Wat heeft die man allemaal tegen je gezegd dat je zo overstuur bent?' vraagt hij.

Chantal haalt haar schouders op. Om geen antwoord te hoeven geven pakt ze een slip van het laken en droogt haar tranen.

'Je bent niet voor niets zo van streek,' dringt Thomas aan.

Chantal ontwijkt zijn blik en vraagt zich af of ze hem in vertrouwen zal nemen.

'Ik wilde net een kop koffie gaan halen toen ik die agent alweer aan zag komen,' gaat Thomas verder. 'Hij wenkte me en zei dat je me nodig had en dat ik maar gauw naar je toe moest gaan.'

'Maar hij wilde toch ook nog met jou praten?'

'Ja, dat is zo, maar blijkbaar heeft iets hem van gedachten doen veranderen.' Thomas kijkt haar afwachtend aan.

Op dat moment neemt Chantal een besluit. 'Ik was zo overstuur omdat hij me een vraag stelde die ik niet had verwacht,' zegt ze. Een ogenblik aarzelt ze nog. Dan gooit ze het eruit: 'Hij wilde weten of ik van plan was geweest om zelfmoord te plegen.'

Thomas' mond valt open. 'Is die vent nou helemaal van de ratten besnuffeld!' roept hij uit.

Chantal voelt hoe haar mondhoeken omhoogkrullen in een treurig lachje. 'Hij vroeg het wel anders, hoor.'

'Dan nog!' briest Thomas. 'Zoiets vraag je toch niet?'

'Hij moest het weten, zei hij. Hij dacht dat ik nog steeds niet over de dood van Dylan heen was en dat ik daarom bewust een overdosis had genomen. Er zat GHB en xtc in mijn bloed, net als bij Dylan, zei hij.'

Een hele tijd zwijgt Thomas. Dan zegt hij half vragend: 'Maar je wilde niet dood?'

'Nee, natuurlijk niet! Ik begon alle narigheid juist een beetje achter me te laten.'

Thomas kijkt haar onderzoekend aan. 'En toen kwamen die mailtjes.'

'Ja, dat was afschuwelijk.' Chantal staart naar buiten, waar het regent. 'Maar dat is voor mij echt geen reden om zelfmoord voor te plegen, hoor,' voegt ze eraan toe.

Thomas knikt nadenkend. 'Toch moet je die drugs op een of andere manier binnen hebben gekregen,' zegt hij opeens.

'Ik zou niet weten hoe.' En vinnig laat Chantal erop volgen: 'In elk geval heb ik zelf geen pillen geslikt, als je dat soms mocht denken.'

'Ook niet iets tegen de pijn?' Thomas wijst naar de pleister op haar hand.

'Nee.'

'En je hebt ook niets gedronken?'

'Ja, dat wel. Toen ik me had gesneden, heeft Luuk cola voor me meegenomen.' Chantal slaat haar hand voor haar mond. 'Hij zal toch niet …'

Thomas schudt zijn hoofd. 'Luuk is een rare, maar zoiets doet hij niet.'

Opeens herinnert Chantal zich iets. Toen ze opstond om Thomas te gaan zoeken, had ze zich vreemd licht in haar hoofd gevoeld. De drugs moesten dus wel in die cola hebben gezeten. Plotseling herinnert ze zich hoe Tycho tussen de twee pilaren naar haar gluurde en een dreigend gebaar met een mes maakte. 'Ik weet wie die drugs in mijn cola heeft gedaan,' zegt ze ademloos.

'Wie dan?'

'Tycho.'

Thomas kijkt een ogenblik peinzend voor zich uit. 'Zou kunnen,' zegt hij. 'Die dreigementen van hem logen er niet om. Bovendien had hij er de kans voor. Maar een dodelijke dosis …?'

'Wie kan het anders zijn geweest?'

Thomas haalt zijn schouders op. 'We hebben alleen geen bewijs.'

'En dat glas dan waaruit ik heb gedronken?'

'Dat is allang afgewassen.' Thomas kijkt op zijn horloge. 'Ik moet over een halfuurtje op het politiebureau zijn,' zegt hij.

'Om te vertellen wat er gisteravond gebeurd is,' zegt Chantal half vragend.

Thomas knikt. 'Vind je het goed dat ik ze ook vertel over die gang die je hebt ontdekt en over die man en die vrouw?'

Chantal knikt.

'En van die mailtjes die je hebt gehad?'

Chantal aarzelt even. 'Dan willen ze die natuurlijk ook lezen.'

'Ik neem aan van wel.'

'Maar ik heb het nog niet aan mijn ouders verteld.'

'Misschien kun je dat straks doen?'

Chantal zucht.

Thomas zwijgt een hele tijd. 'Je denkt toch niet dat Dylan je die gestuurd heeft?' vraagt hij opeens.

Chantal haalt alleen haar schouders op.

Als Thomas geen antwoord krijgt, gaat hij verder: 'Dat vraag ik omdat je het er daarnet ook over had dat je Dylan daarbeneden hebt gezien.'

'Dat heb ik ook.'

'Heb je hem ook gesproken?'

'Niet echt, maar hij heeft wel samen met mij gezongen. Je weet wel die song die hij speciaal voor mij had geschreven: *I can't live without you*.' Chantal ziet het ongeloof in Thomas' ogen en ze heeft nu al spijt dat ze het hem verteld heeft. 'Geloof je me soms niet?' vraagt ze scherp.

'Jawel,' antwoordt Thomas weifelend, 'maar als het waar is dat iemand die rotzooi in je cola heeft gedaan, dan kun je behoorlijk gaan flippen. Je krijgt dan de meest vreemde hallucinaties waarbij je dingen ziet die ...'

'Ze heeft bezoek,' hoort Chantal opeens de verbaasde stem van haar moeder. Als ze naar de deur kijkt, ziet ze haar ouders staan.

Thomas staat een beetje geschrokken op. 'Ik was net van plan om weg te gaan,' zegt hij.

'O, ben jij het,' zegt Chantals vader. Zijn stem klinkt ijzig.

'Thomas heeft bloemen voor me meegenomen,' zegt Chantal om de kilte van zijn woorden te verdrijven.

'Een goedmakertje zeker,' zegt haar vader schamper. 'Omdat hij zich schuldig voelt.'

Even is Chantal te verbouwereerd om te reageren. 'Hoe kom je erbij!' roept ze dan boos. 'Thomas heeft nergens schuld aan!'

'Hij zei dat hij op je zou passen.'

'Dat heeft hij ook gedaan!'

'Ik meen begrepen te hebben dat hij je op een gegeven moment kwijt was.'

'Ja, dat klopt, maar toen was Luuk bij me.'

'Dus die was er ook,' zegt haar moeder wantrouwig.

'Ja, we kwamen hem toevallig tegen.'

'Had híj die drugs soms bij zich?' vraagt haar vader.

'O, nou heeft Luuk het weer gedaan!' roept Chantal verontwaardigd.

'We willen gewoon weten hoe je aan dat spul bent gekomen, lieverd,' zegt haar moeder sussend.

'Dat weet ik ook niet, maar waarschijnlijk zat het in een glas cola dat Luuk voor me bij de bar heeft gehaald. Daar moet iemand het erin hebben gedaan. Ik probeerde er juist samen met Thomas achter te komen wie dat kan zijn geweest.'

Chantal ziet hoe haar ouders onopvallend een blik van verstandhouding wisselen.

'Wees eens eerlijk,' zegt haar vader. 'Je hebt die rommel toch niet zelf ingenomen, hè?'

'Nee, natuurlijk niet. Ik ...' Ik kan er niet eens tegen, wilde ze zeggen, maar ze houdt net op tijd haar mond. 'Ik doe geen domme dingen,' maakt ze er dan gauw van. 'Je gaat er zomaar van uit dat ik zelfmoord wilde plegen ...' Er springen opnieuw tranen in haar ogen. 'Dat dacht de politie ook al, maar ...'

'De politie?'

'Ja, die was hier net. Die agent ...'

'Nu je het erover hebt,' onderbreekt Thomas haar, 'ik moet ervandoor. Ik zou om zeven uur op het politiebureau zijn.'

'Voor een verhoor?' vraagt Chantals vader.

'Zoiets,' antwoordt Thomas terughoudend. 'Ze willen weten wat er gisteravond precies is gebeurd. Tenminste, ze willen mijn kant van het verhaal horen.' Hij raakt even vluchtig Chantals hand aan. 'Je hoort wel weer van me,' zegt hij. Met een kort hoofdknikje naar haar ouders loopt hij de kamer uit.

Chantal wacht even tot ze zijn voetstappen niet meer hoort, dan zegt ze woedend: 'Hoe komen jullie erbij om zo tegen Thomas te doen.'

'Sorry,' zegt haar vader zacht. 'Ik heb hem misschien verkeerd beoordeeld en daardoor heb ik dingen gezegd die ik beter niet had kunnen zeggen.'

Haar moeder knikt instemmend. Dan zwijgen ze alle drie een hele tijd.

'Chantal,' verbreekt haar vader opeens de stilte, 'zou je ons misschien willen vertellen wat er gisteravond is gebeurd?'

Ze schrikt van de vraag. 'Alsjeblieft, pap, nu niet. Ik ben doodmoe. Die agent wilde ook al van alles weten.'

'Wat dan?'

'Gewoon, van alles.' En om verdere vragen te voorkomen voegt ze eraan toe: 'Maar ik kan me nog steeds maar heel weinig herinneren.'

'Dat komt wel weer,' zegt haar moeder troostend. 'Als je morgen thuis bent, dan ...'

'Morgen?'

'Ja, de dokter zei dat je morgen naar huis mag.'

'Morgen,' herhaalt Chantal weifelend. Ze weet niet of ze daar wel zo blij mee is. Morgen zal ze haar ouders alles moeten vertellen. Ze zullen willen weten wat er in de disco is gebeurd. Ze zal hun van de mailtjes moeten vertellen. Ze zullen ze willen lezen ...

## HOOFDSTUK 13

Chantal laat zich achterover op haar bed vallen. Ze is doodmoe. Niet alleen vanwege de drukte, maar vooral vanwege alle emoties. Alles wat er het afgelopen halfuur gezegd, maar vooral niet gezegd is, spookt weer door haar hoofd.

Bij thuiskomst was Robin haar om de hals gevlogen. Hij was in tranen uitgebarsten en van de weeromstuit begonnen haar ouders ook weer te huilen.

In de keuken stond gebak klaar, maar voordat ze eraan konden beginnen, ging de bel. Het waren de buren die met een grote bos bloemen op de stoep stonden. Tegelijk ging de telefoon. Het was oma die wilde weten hoe het met haar ging. Uit haar woorden maakte Chantal op dat ook zij dacht dat ze bewust te veel drugs had genomen, maar omdat de buren erbij waren, wilde ze er niet verder op ingaan.

Ze had de telefoon nog niet neergelegd, of tante An belde. Sylvie kwam daarna ook nog aan de telefoon. Ook haar nichtje wilde weten wat er gebeurd was, maar Chantal had het gesprek afgekapt en gezegd dat er visite was. Ze zou het wel een andere keer vertellen.

Kort daarop belde haar mentor van school op. Chantal had het kort gehouden. Het ging goed met haar en ze zou hem wel laten weten wanneer ze weer op school kwam.

Nog geen minuut later belde Luuk. Gelukkig had ze niet veel terug hoeven zeggen.

'Ik wist niet wat ik hoorde,' was Luuk meteen met de deur in huis gevallen. 'Gisteravond belde Thomas me. Hij vertelde dat je in het ziekenhuis lag. Maar gelukkig ben je weer thuis.'

Ze had even instemmend gehumd.

'Ik voel me best schuldig,' was hij verdergegaan. 'Vooral over die cola die je van me hebt gekregen. Thomas zei dat daar mogelijk drugs in hadden gezeten. Ik had even het gevoel dat hij dacht dat ik het had gedaan, maar dat was niet zo. Hij wilde weten of ik die cola bij Tycho had besteld. Toen ik dat bevestigde, vloekte hij. Hij vertelde van de aanvaring die jullie met Tycho hebben gehad en dat hij vermoedde dat die als waarschuwing die troep in je cola heeft gedaan. Als ik die kerel in mijn vingers krijg ...'

Door de telefoon heen had Chantal Luuks ingehouden woede gevoeld.

'Maar Thomas zei dat de politie er al mee bezig was,' ging hij verder, 'en dat ik me er niet mee moest bemoeien.'

'Nee, beter van niet,' had ze alleen gezegd.

'Ik had ook achter je aan moeten gaan toen je opeens de dans-vloer op liep. Ik dacht dat je Thomas had gezien. Ik zag wel dat er iets met je was, maar ik nam aan dat hij je wel zou opvangen. Even later kwam ik een paar vrienden tegen die me vroegen of ik mee de stad in ging. Als ik had geweten ...'

'Vind je het goed dat ik je later terugbel?' had ze hem onderbro-ken. 'We hebben visite.' Daarna had ze de verbinding verbroken.

De buren schenen eindelijk te voelen dat ze ongelegen kwamen en stonden op. Mam liet ze uit. Chantal was blij dat ze weg waren. Iedereen leek te hebben gehoord wat er gebeurd was en wilde er het zijne van weten. Net overwoog ze om de telefoon eruit te trekken, toen ze het opeens benauwd had gekregen. Het moment dat ze het hele verhaal aan haar ouders zou moeten vertellen, kwam nu wel heel dichtbij. 'Ik ga even boven op bed liggen,' had ze tegen haar vader gezegd en zonder op een antwoord te wachten, was ze de trap op gegaan.

Met wijd open ogen ligt Chantal naar het plafond te staren. Waar moest ze in hemelsnaam mee beginnen? Met de mailtjes? Pap zou ze natuurlijk meteen willen lezen. En ook al kwamen ze niet van Dylan, er stonden dingen in die zo persoonlijk waren dat ze zich nu al schaamde. Misschien kon ze het beste beginnen met te vertellen wat er in de disco …

Beneden gaat de bel weer. Chantal luistert naar het geluid van voetstappen die naar de voordeur gaan en even later klinkt de gespannen stem van Roos: 'Ik hoorde op school dat Chantal in het ziekenhuis ligt.'

'Ja, we zijn vreselijk geschrokken,' hoort ze haar moeder zeggen, 'maar gelukkig is ze alweer thuis.'

'Kan ik naar haar toe?'

Chantals moeder aarzelt voordat ze antwoordt. 'We hebben haar een uurtje geleden opgehaald en ze is net even op bed gaan liggen.'

'Zal ik dan een andere keer terugkomen?'

Chantal is al bij haar kamerdeur. Ze rukt hem open. 'Ik slaap niet, hoor!' roept ze. 'Laat Roos maar naar boven komen.' Ze wacht boven aan de trap totdat haar vriendin er is en trekt haar dan mee de kamer in.

'Ik heb je gisteren wel tig keer op je mobiel gebeld, maar je nam niet op,' begint Roos meteen, 'en ook bij je thuis werd er niet opgenomen. Toen ik je vanmorgen niet op school zag, dacht ik dat je ziek was. Pas in de pauze hoorde ik van Thomas wat er was gebeurd. Ik ben meteen op de fiets gesprongen. Hoe is het nu met je?'

'Gaat wel. Nog een beetje draaierig in mijn hoofd.' Chantal probeert te glimlachen, maar het lukt niet erg.

'Ik hoorde dat iemand iets in je drankje had gedaan.'

Terwijl Roos dat zegt, ziet Chantal hoe ze haar blik afwendt. 'Je denkt toch niet dat ik die rotzooi zelf heb geslikt?' vraagt ze opeens kwaad.

'N... nee, natuurlijk niet.' Roos verschiet van kleur.

'Wel dus,' zegt Chantal een beetje zuur. 'Maar je bent niet de enige, hoor. Iedereen schijnt te denken dat ik zelfmoord wilde plegen.'

'Wie dan allemaal?'

Chantal haalt haar schouders op. 'Mijn vader, mijn oma, de politie ...'

Beneden gaat de bel.

Chantal staat op. 'Alweer iemand die wil weten wat voor stoms ik heb uitgehaald.' Ze opent haar kamerdeur en luistert.

'We hoorden dat uw dochter uit het ziekenhuis is ontslagen en dat ze nu thuis is.' Chantal herkent de stem van agent Willemse. 'Zouden we haar kunnen spreken?'

Geschrokken draait Chantal zich naar Roos om. 'De politie,' fluistert ze.

'Wat komt die hier doen?'

Chantal sluit zacht de deur. 'Mij verhoren. Die agent is ook al bij me in het ziekenhuis geweest, maar toen kon ik me niet zoveel herinneren. Hij zou terugkomen als ik weer thuis was en nu moet ik natuurlijk alles vertellen.'

'Dat is toch niet zo erg?'

'Jawel, want ik heb mijn vader en moeder nog steeds niet van die mailtjes verteld ...'

Er wordt op de deur geklopt. Meteen gaat die open en het hoofd van Chantals moeder verschijnt. 'Er zijn beneden twee agenten,' zegt ze zacht. 'Ze willen je spreken over zaterdagavond.'

Even overweegt Chantal om te vragen of dat ook op haar kamer kan, maar dat maakt eigenlijk niets uit. Eens zal ze alles toch aan haar ouders moeten vertellen. 'Ja, ik kom er zo aan,' zegt ze.

Haar moeder knikt en sluit de deur.

'Ze zijn met z'n tweeën,' fluistert Chantal tegen Roos.

'Ja, nou en? Je hebt toch geen misdaad begaan?'

'Nee, maar toch …' Met lood in de schoenen gaat Chantal de trap af. In de huiskamer hoort ze de zware stem van agent Willemse.

'Dan ga ik maar naar huis,' fluistert Roos. Ze loopt meteen door naar de kapstok.

'Wil je er alsjeblieft bij blijven?' vraagt Chantal gedempt.

'Waarom?'

'Dan is het tenminste twee tegen twee.' Ze trekt een grimas. 'Grapje,' zegt ze. 'Ik bedoel eigenlijk dat als jij erbij bent ik het op een of andere manier minder erg vind.' Met een verontschuldigend glimlachje voegt ze eraan toe: 'Trouwens, dan hoef ik het hele verhaal niet ook nog eens aan jou te vertellen.'

'Oké,' geeft Roos toe.

Als ze de huiskamer binnenkomen staan de twee politiemannen op. Agent Willemse geeft Chantal als eerste een hand. 'Zo te zien ben je gelukkig weer helemaal opgeknapt,' zegt hij.

Ze knikt. 'Ik ben alleen nog een beetje moe.'

De andere agent geeft haar ook een hand. 'Ruud den Oudsten, politie Kennemerland,' stelt hij zich voor. 'Vind je het goed als we hier met je praten?' vraagt hij.

Chantal voelt de blikken van haar ouders op zich gericht. Ze zal alles moeten vertellen; er is niet meer aan te ontkomen. Dan valt haar oog op Roos, die er wat verloren bij staat. 'Als u het goedvindt dat mijn vriendin, Roos, er ook bij blijft,' zegt ze.

'Was zij er zaterdagavond dan ook bij?' vraagt agent Willemse.

'Nee, ik was thuis,' antwoordt Roos zelf.

'Wat mij betreft mag je er wel bij zijn,' zegt agent Den Oudsten.

Ze geven Roos allebei een hand.

'Ik wilde eigenlijk beginnen met iets waar we graag wat meer van willen weten,' begint agent Den Oudsten. 'Van je vriend, Thomas, hoorden we dat je in een soort ondergrondse gang zou zijn geweest.'

Chantal knikt. 'Ja, dat klopt, maar echt veel kan ik me er niet van herinneren.'

'Kun je me vertellen waar de deur naar die gang precies zit?' vraagt hij.

Chantal aarzelt even. Dan legt ze zo nauwkeurig mogelijk uit achter welke stelling in het magazijn de toegang verborgen is.

'Wat deed je eigenlijk in dat magazijn?' vraagt agent Willemse.

Chantal schikt van de vraag. 'Ik ... eh ... ik wilde er gewoon even rondkijken,' hakkelt ze.

'Stond de deur dan open?'

'Nee, maar hij zat niet op slot.'

De twee agenten wisselen kort een blik.

'Zocht je soms iets?' vraagt hij verder.

Chantal schudt haar hoofd. Ze bijt liever haar tong af dan te vertellen dat ze achter Dylan aan was gelopen, of in elk geval achter een jongen die op hem leek.

'Vertel eens over die gang,' zegt agent Den Oudsten.

Chantal vertelt van de hond en van de man en de vrouw die ze heeft gesproken.

'Waar heb je het met hen over gehad?'

Chantal denkt even na. 'Dat weet ik eigenlijk niet meer,' zegt ze.

'Heb je van hen soms die drugs gekregen?'

'Nee ...' Ze aarzelt. 'Tenminste, daar kan ik me niets van herinneren. Volgens mij zat het in de cola die ik van Luuk heb gekregen.' Ze hoort de beschuldiging die in haar woorden doorklinkt en voegt er haastig aan toe: 'Maar ik weet dat hij het niet heeft gedaan. Hij ...'

'Dat weet ik,' onderbreekt Chris Willemse haar. 'We hebben Luuk gesproken.'

Ruud den Oudsten knikt. 'Hij had het over een mailtje dat je hebt gehad, waarin je werd gevraagd om naar Club Taenarum te komen.'

'Ja.' Chantal houdt haar adem in.

'Is het waar dat je telkens lugubere e-mails ontvangt van iemand die zich uitgeeft voor je overleden vriend?'

'Hè?' roept Chantals vader.

De agenten kijken hem wat bevreemd aan.

'Ja, dat had ik jullie nog niet verteld,' zegt Chantal. 'De laatste tijd krijg ik rare mailtjes. Iemand schijnt het nodig te vinden om me op die manier het leven zuur te maken.'

'Waarom heb je ons dat niet verteld?' vraagt haar moeder.

'Ik dacht dat het vanzelf wel weer op zou houden.'

'Je hebt laatst je mobiele nummer veranderd,' zegt haar vader. 'Heeft dat hier ook mee te maken?'

Chantal knikt. 'In een mailtje stond dat hij me zou sms'en en dat hij ook van plan was om me te bellen.'

'Kon je zijn e-mailadres niet blokkeren?'

'Jawel, maar dan zou ik die mailtjes toch op mijn mobiel binnenkrijgen.'

Agent Willemse schuift naar voren op zijn stoel. 'Heb je het gevoel dat die mailtjes soms iets te maken hebben met wat er in de disco met je is gebeurd?' vraagt hij.

Chantal moet daar even over nadenken. 'Dat leek er wel op, want in een ervan werd me gevraagd om naar Club Taenarum te komen.'

'Waarom ben je daarop ingegaan?'

'Eigenlijk wilde ik dat helemaal niet, maar Thomas bood aan om met me mee te gaan. Hij hoopte te kunnen achterhalen wie er achter die mailtjes zat.'

'Had je zelf een vermoeden?'

Chantal aarzelt. Ze denkt aan Daphne, die ze zomaar beschuldigd heeft, maar die er niets mee te maken bleek te hebben. En Luuk …

'Nee,' antwoordt ze daarom.

'Ik dacht dat je een van de barkeepers van Club Taenarum, een zekere Tycho, ervan verdacht?'

Chantal voelt zich betrapt. 'Dat was maar een vaag vermoeden,' zegt ze vlug. 'De meeste mailtjes zijn verstuurd met Dylans iPhone en die is nooit teruggevonden. We dachten dat hij in de disco misschien uit zijn zak was gegleden en …' Opeens heeft ze een inval. 'Of heeft de politie die soms?'

Agent Willemse kijkt even naar zijn collega, maar die trekt zijn wenkbrauwen op.

'Het onderzoek naar de dood van Dylan is afgesloten,' antwoordt Ruud den Oudsten, 'en voor zover ik weet, is er geen iPhone gevonden. Maar ik zal het voor je navragen.'

'Graag,' zegt Chantal.

'Wat betreft die mailtjes,' gaat hij verder, 'ik zou ze graag willen bekijken.'

'Nu?' vraagt Chantal verschrikt.

'Nee, op het bureau.'

Chantal begrijpt er niets van, maar Ruud den Oudsten haalt een kaartje uit zijn zak en wijst op het e-mailadres onderaan.

'Als je vandaag alle mailtjes naar dit adres doorstuurt,' gaat hij verder, 'dan zet ik er een van mijn specialisten op. Misschien vindt die er aanwijzingen in wie de afzender is.'

Even overweegt Chantal om te vertellen dat er geen header bij zit, maar ze doet het niet. Daar komen ze zelf wel achter. Ze pakt het kaartje aan. 'Kunt u ook achterhalen vanaf welke plek ze zijn verstuurd?' vraagt ze.

'We doen ons best,' zegt hij alleen. Hij staat op. 'Mocht je soms nog iets te binnen schieten dat voor het onderzoek van belang kan zijn, dan hoor ik dat graag van je. Mijn telefoonnummer staat ook op het kaartje.'

Chantal knikt. Gespannen kijkt ze hoe haar vader met de twee agenten de gang in loopt. Even later slaat de voordeur achter hen dicht. Als hij de kamer weer binnenkomt, stelt hij de vraag die ze al die tijd gevreesd heeft: 'Mag ik die mailtjes eens lezen?'

'Moet dat nu?'

'Nou ja, straks kan natuurlijk ook …'

Chantal aarzelt even, dan bedenkt ze dat het met Roos erbij misschien wat minder erg is. 'Nee, dan liever meteen,' zegt ze met een zucht.

Met lood in de schoenen gaat ze haar ouders voor de trap op. Terwijl ze haar computer aanzet, bedenkt ze dat ze het beste kan beginnen met het eerste mailtje. Voor zover ze zich kan herinneren, stond daar niets in om zich voor te schamen. Ze scrolt door haar mail tot ze het heeft gevonden en opent het.

Terwijl haar ouders het bericht over haar schouders meelezen, heeft Chantal opnieuw de sensatie alsof het Dylan is die het heeft geschreven.

'Wie haalt het in zijn hoofd om je zo te willen kwetsen,' zegt haar moeder.

'Je hebt er toch niet op gereageerd, hè?' wil haar vader weten.

'Nee. Tenminste, niet meteen.' Chantal opent de map 'Verzonden items' en zoekt het antwoord op.

Zwijgend lezen haar ouders de tekst.

'Als je denkt dat Daphne erachter zit, waarom heb je dat dan niet aan de politie verteld?' vraagt haar vader.

'Het was Daphne niet,' antwoordt Chantal.

'Weet je dat zeker?'

'Ja.' Chantal kijkt even naar Roos. Als ze nu maar niet begint over die hele toestand op school. Maar Roos zegt niets. Dan vertelt ze dat ze bij Daphnes ouders is geweest en dat er vanaf Dylans computer geen mailtjes waren verstuurd. Over het boze telefoontje van Daphnes moeder zwijgt ze.

'Je zei dat de meeste mailtjes verstuurd waren vanaf Dylans iPhone,' zegt haar vader. 'Hoe weet je dat eigenlijk?'

'Dat staat erbij.'

'Dan zou het dus toch Daphne kunnen zijn,' zegt haar moeder.

'Nee, die heeft hem niet en haar ouders ook niet. Die iPhone is verdwenen sinds …' Haar stem hapert even. '… sinds Dylan er niet meer is.'

'Dus de dader is degene die dat ding heeft gevonden,' concludeert haar vader.

Chantal knikt alleen.

'Wat staat er eigenlijk in die andere mailtjes?' vraagt haar moeder na een korte stilte.

Chantal haalt haar schouders op. 'Meestal zo'n beetje hetzelfde. Dat hij me mist en dat hij nog steeds van me houdt.'

'Open die eens.' Haar vader wijst op het scherm. 'Die is ook van Dylan … eh … ik bedoel … dat hij verstuurd is vanaf Dylans e-mailadres.'

Chantal aarzelt. Ze weet niet precies meer wat erin staat, maar ze opent het toch maar. Het is het mailtje dat ze in de klas binnenkreeg. Haar ouders lezen het zwijgend.

'Nu begrijp ik waarom je je nummer hebt veranderd,' zegt haar moeder.

'Zo te zien heb je hier niet op geantwoord,' zegt haar vader.

'Nee,' zegt Chantal alleen.

'Waarom heb je ons niet in vertrouwen genomen, lieverd?' vraagt haar moeder.

Chantal haalt haar schouders op. 'Ik hoopte dat het vanzelf wel op zou houden en bovendien wilde ik jullie niet ongerust maken.'

'Dat is lief van je, maar wij zijn er toch om je te helpen met dit soort problemen?'

'Roos heeft me geholpen en Thomas ook.'

'En je ziet waar dat toe geleid heeft,' merkt haar vader wat wrang op.

Chantals moeder gebaart dat hij zijn mond moet houden. 'Mag ik het volgende mailtje eens lezen?' vraagt ze.

Chantal zucht. 'Kan dat ook een andere keer, mam? Ik ben doodmoe.'

Haar moeder knikt. 'Natuurlijk, lieverd,' zegt ze meteen. 'Je hebt een enerverende ochtend achter de rug. Die mailtjes komen later wel.'

Terwijl haar ouders de kamer uit lopen, wenkt ze Roos om even te wachten. 'Je hebt nog niet alles gehoord,' fluistert ze. 'Er zijn nog een paar dingen die ik je moet vertellen.'

'Ja, maar ik moet terug naar school. Ik ben in de pauze zomaar weggegaan.' Roos kijkt op haar horloge. 'Ik heb biologie al gemist en als ik niet opschiet, mis ik wiskunde ook nog. Is het goed als ik vanmiddag nog even langskom?'

'Liever vanavond,' zegt Chantal, 'of anders morgen. Ik ben echt doodop.'

Even later is Chantal alleen. Ze wil net haar computer uitzetten, als haar blik op het kaartje van Ruud den Oudsten valt. Ze besluit om eerst alle mailtjes maar even naar hem door te sturen, dan is ze ervan af. Na een korte aarzeling doet ze haar antwoorden op de mailtjes er ook maar bij. Vijf minuten later kan ze eindelijk in bed kruipen.

HOOFDSTUK 14

Woensdag was Chantal weer naar school gegaan. Ze had er erg tegenop gezien, maar het was haar meegevallen. Haar klasgenoten waren blij haar weer te zien. Toch had ze bij sommigen een aarzeling gevoeld, alsof ze niet goed wisten hoe ze moesten reageren. Maar algauw deed iedereen weer normaal. Zo normaal zelfs dat Chantal bijna begon te denken dat er nooit iets was gebeurd.

Maar ze had dan ook alleen aan Roos verteld wat ze die avond allemaal had beleefd. Een hele poos had Roos niets gezegd, maar Chantal kon aan haar gezicht zien dat ze het niet geloofde. En toen ze begon over de overeenkomsten die ze had ontdekt tussen wat ze had meegemaakt en het verhaal van Orpheus en Eurydice, reageerde Roos net als Thomas: ze had geopperd dat het de drugs waren geweest die allerlei hallucinaties hadden veroorzaakt. Ze had ergens gelezen dat de effecten die drugs op mensen hadden niet altijd te voorspellen waren en dat gold natuurlijk extra als je twee soorten door elkaar had binnengekregen.

'En die mailtjes dan?' had Chantal gevraagd.

Ze hadden ze samen allemaal nog eens doorgelezen en toen begon Roos weer te twijfelen. Ze gaven haar de onbehaaglijke sensatie alsof ze echt door Dylan waren geschreven. Ze kreeg er de koude rillingen van, zei ze.

Toen Chantal naar huis wilde gaan, was ze Thomas tegen het lijf gelopen. Hij had haar gevraagd om zaterdag weer een keer naar de repetities van de band te komen. Hij had haar zo smekend aangekeken dat ze had toegestemd.

Later had ze er spijt van. Als zij terugkwam, hoe moest het dan met Melissa? Moest die dan weg? Of was het de bedoeling dat ze sámen zouden optreden? Eigenlijk zag ze dat helemaal niet zitten.

Kevin zou waarschijnlijk wel blijven. Hij was de leadgitarist en kon niet gemist worden. Maar Melissa ... Bij haar laatste bezoek had Chantal had wel begrepen dat Thomas niets van Melissa moest hebben. Hij had wat lacherig verteld dat Kevin hopeloos verliefd op haar was, maar dat het niet wederzijds was. Maar hij kende Kevin en die zou niet opgeven voordat hij verkering met haar had. Kevin zou dus zeker willen dat Melissa bij de band bleef. Chantal zuchtte. Ze zou wel zien.

Zaterdagochtend ligt Chantal nog wat te doezelen als ze haar mobiel hoort. Haastig komt ze haar bed uit. Zoals gewoonlijk kan ze hem niet meteen vinden. Eindelijk ontdekt ze hem onder het stapeltje kleren op haar stoel. 'Hallo,' hijgt ze.

'Met Thomas,' klinkt het aan de andere kant. 'Heb je het al gehoord?' begint hij meteen. 'De politie is gisteravond bij Club Taenarum binnengevallen. Het was op regio-tv. Er zijn mensen gearresteerd en ze schijnen behoorlijke hoeveelheden geld en drugs in beslag te hebben genomen. Ze hadden het ook over een geheime gang en een ruimte waarin onder andere een xtc-lab was. Je bent daar dus echt geweest.'

'Dat zei ik toch?' reageert ze een beetje vinnig.

Thomas grinnikt. 'Je had dus gelijk. Je bént in de onderwereld geweest, alleen in de échte.'

'Hmm,' mompelt Chantal alleen.

'De types die je daarbeneden gezien hebt, waren dus gewone criminelen.'

Chantal is een ogenblik sprakeloos. 'En Dylan dan?' roept ze.

'Weet je wel zeker dat hij het was?'

'Ja, natuurlijk. Ik ben toch niet gek?'

'Niet boos worden,' zegt Thomas. 'Ik geloof je heus wel.'

'Daar lijkt het anders niet op.'

'Jawel! Ik neem wat je verteld hebt bloedserieus. Daarom heb ik dat hele verhaal van Orpheus en Eurydice nog eens nagelezen en ook ben ik nog wat aan het snuffelen geweest op internet. En toen heb ik iets heel merkwaardigs ontdekt. Iets dat je moet weten.'

Chantal is haar boosheid meteen vergeten. 'Wat dan?'

'Vind je het goed als ik bij je langs kom?'

'Kan je het me niet over de telefoon vertellen?'

Thomas aarzelt even. 'Nee, ik wil het je liever laten zien.'

'Oké, maar ik wil me eerst even douchen en aankleden.'

'Zal ik dan over een kwartiertje bij je zijn?'

'Maak er maar een halfuur van.'


Stipt een halfuur later hoort Chantal de scooter van Thomas voor het huis stoppen. Ze houdt Robin tegen als hij langs haar naar de voordeur wil rennen. 'Hij komt niet voor jou,' moppert ze.

'Dat weet ik heus wel,' zegt haar broertje.

'Nou, blijf dan in de kamer.'

'Mag ik het soms niet zien als je hem zoent?'

'Robin, schei uit,' komt de barse stem van zijn vader vanuit de keuken. 'Help liever even de tafel afruimen.'

'Ik weet heus wel dat je op Thomas bent,' sist Robin en voordat hij de keuken in verdwijnt, steekt hij nog gauw zijn tong naar haar uit.

Terwijl Chantal naar de voordeur loopt, werpt ze nog snel een blik in de gangspiegel. Haar nog vochtige haar valt in grove krullen over haar nieuwe roze shirtje. Dan doet ze open. 'Hoi,' zegt ze alleen.

'Hoi.' Thomas heeft zijn helm al afgezet. Terwijl hij hem onder de kapstok legt, kijkt Chantal hoe zijn tengere lijf lenig vooroverbuigt.

'Staat je computer aan?' vraagt hij als hij overeind komt.

'Nee, maar ik kan hem zo aanzetten. Hoezo?'

'Ik heb een website gevonden waar iets op staat dat ik je wil laten zien.'

'Je maakt me nieuwsgierig.' Ze gaat hem voor naar haar kamer.

Zonder iets te zeggen gaat Thomas achter haar bureau zitten en zet de computer aan.

Even later ziet Chantal een landkaart op het scherm verschijnen. 'Hé, dat is de kaart van Griekenland,' zegt ze.

'Van het oude Griekenland,' verbetert Thomas haar. 'Met de oude plaatsnamen en historische plekken.' Hij wijst op een landtong. 'Kun je lezen hoe het daar heet?'

Chantal buigt voorover. 'Hé, Taenarum,' zegt ze, 'dat is dezelfde naam als van de discotheek.'

Thomas knikt. 'En nu wat ik ontdekt heb: weet je dat daar ergens een kloof moet zijn met aan het eind ervan een grot? Volgens de mythe zou daar de toegang tot de onderwereld verborgen zitten.'

Chantals mond zakt open. 'Zie je wel, het klopt allemaal,' zegt ze ademloos.

'Het is maar hoe je het bekijkt,' zegt Thomas.

'Wat bedoel je?'

'Nou, jij hebt het idee dat je echt in de onderwereld bent geweest, maar ik denk toch dat het anders ligt. Volgens mij is de discotheek altijd al een dekmantel geweest voor criminele activiteiten en heeft iemand met een vreemd soort humor bedacht om hem daarom Club Taenarum te noemen, de plek waar je toegang krijgt tot de onderwereld, de echte onderwereld dus.'

Chantal is even sprakeloos. 'En die hond dan die ik daarbeneden tegenkwam?'

'Je bedoelt Cerberus?'

Ze knikt.

Thomas grinnikt. 'Blijkbaar hebben onderwereldfiguren ook humor.'

Er springen tranen in Chantals ogen. 'Je zult wel gelijk hebben,' zegt ze bedrukt.

Thomas staat op en slaat zijn armen om haar heen. 'Ik héb gelijk, Chantal.' Zijn stem klinkt overredend. 'Zie het allemaal als een boodschap die je hebt gekregen: kijk niet om, laat Dylan los en ga door met je leven.'

Chantal knikt. Misschien heeft Thomas wel gelijk: ze moet Dylan loslaten. Op het moment dat ze dat beseft, beginnen de tranen over haar wangen te stromen. In een troostend ritme laat Thomas zijn hand over haar rug gaan en langzaam voelt ze zich rustiger worden. Ten slotte slaakt ze een diepe zucht en droogt haar ogen.

'Het is bijna elf uur,' zegt Thomas zacht. 'Wil je nog zien wat er op regio-tv wordt gezegd over die inval in de disco?'

'Ja, dat is goed.' Chantal zet haar televisietoestel aan en zwijgend wachten ze op het nieuws. Het begint meteen met de inval in de discotheek. Zittend op de rand van haar bed kijken ze samen naar de beelden.

De gevel van het gebouw is zoals altijd verlicht door schijnwerpers. Op het plein ervoor lopen te midden van politieauto's en overvalwagens politieagenten druk heen en weer.

Chantal kijkt of ze Chris Willemse of Ruud den Oudsten kan ontdekken, maar het is te donker. Dan verandert het beeld opeens. In een studio zit een verslaggever met tegenover hem iemand in politie-uniform. Ze praten over de inval. De belangrijkste dingen heeft ze al van Thomas gehoord.

'Waarom is de discotheek nu pas gesloten?' hoort Chantal de

journalist opeens vragen. 'Er zijn verschillende incidenten geweest, waarvan zelfs één dodelijk. Waarom heeft de politie niet eerder ingegrepen?' Ze veert overeind.

'We hadden geen directe aanwijzingen dat er iets gaande was,' antwoordt de politieman, 'maar we hielden de boel wel in de gaten, net zoals we dat bij andere uitgaansgelegenheden ...'

Chantal luistert niet verder. 'Dus er zijn daar behalve dat met Dylan nog meer dingen gebeurd,' zegt ze.

'Ja, blijkbaar,' zegt Thomas. 'Ik heb er alleen nooit van gehoord, maar ik kwam er ook weinig.'

Als ze weer kijken, is het onderwerp opeens voorbij.

Chantal zet de televisie uit. 'Zou Tycho ook zijn gearresteerd?' vraagt ze.

'Geen idee,' antwoordt Thomas.

'Als dat zo is, zou ik willen weten of hij Dylans iPhone bij zich had.'

'Waarom bel je die Ruud van de politie niet? Je hebt zijn telefoonnummer.'

Chantal kijkt weifelend naar haar bureau. Ze kan het kaartje van hieraf zien liggen. 'Hij is er vast niet op zaterdag.'

'Dan is er wel iemand anders die van de zaak weet.'

Chantal haalt haar schouders op.

'Zal ik bellen?' vraagt Thomas.

Chantal staat op. 'Nee, ik doe het wel.' Even later toetst ze het nummer in dat op het kaartje staat. De telefoon gaat over.

'Met Ruud den Oudsten, politie Kennemerland,' klinkt het aan de andere kant.

'Met Chantal.'

Het blijft een paar tellen stil. 'Hé, Chantal. Ik moest even nadenken, hoor. Sorry.'

'Geeft niet,' zegt ze. 'Ik wilde u iets vragen.'

'Ik luister.'

'Ik heb gehoord dat er een inval is geweest in Club Taenarum en dat er mensen zijn gearresteerd. Ik wilde weten of Tycho daar ook bij was?'

'Sorry. In verband met de privacy mag ik daar niet over praten.'

'O,' zegt Chantal beduusd. 'Dus u mag ook niet vertellen of hij Dylans iPhone bij zich had?'

Het blijft even stil aan de andere kant van de lijn. 'Nee, die had hij niet bij zich.'

'Dan heeft hij hem misschien thuis.'

'Nee, ook niet.'

'Hoe weet u dat?' Opeens begrijpt Chantal het. 'De politie heeft zeker huiszoeking bij hem gedaan.'

Ruud grinnikt. 'Jij kijkt veel te veel naar politieseries, meisje.'

Chantal vindt het een flauwe opmerking, daarom begint ze maar over iets anders. 'Is er nog naar die mailtjes gekeken die ik naar u heb gestuurd?'

'Ja, natuurlijk, maar er is iets heel vreemds mee aan de hand.'

'Er zit geen internetheader bij.' Chantal flapt het eruit.

'Dus dat wist je?'

Chantal aarzelt even. 'Ja, Thomas heeft dat ontdekt.'

'En wat zei die ervan?'

'Dat hij er niets van begreep.'

'Hmm,' bromt Ruud. 'De politie ook niet. Zelfs onze meest deskundige computerman had er geen verklaring voor.'

'Dus u kunt niet achterhalen wie er achter die mailtjes zit?'

'Nee, maar we hebben de iPhone waarmee ze zijn verzonden wel kunnen traceren. Hij moet zich ergens in de discotheek, of in de directe omgeving ervan bevinden, en meer nog, hij is daar de afgelopen week ook aldoor geweest.'

Chantal moet het antwoord even op zich in laten werken, dan gaat er een golf van opluchting door haar heen. Thomas woont helemaal aan de andere kant van de stad, dus het is uitgesloten dat hij iets met die mailtjes te maken heeft. 'Woont Tycho soms in de buurt van de discotheek?' vraagt ze.

'Nee.'

Even is Chantal teleurgesteld. Opeens begrijpt ze het. 'Dan móét hij die iPhone ergens in de disco hebben verstopt.'

'We zullen ernaar uitkijken.' Chantal hoort aan Ruuds stem dat hij het gesprek wil afbreken. 'Was dat alles?'

Ze had eigenlijk nog willen vragen of er in de disco ook een jongen was gearresteerd met dreadlocks, maar ze durft niet. 'Ja,' antwoordt ze daarom.

'Heb je nog nieuwe mailtjes gekregen?'

'Nee.'

'Oké. Als je nog iets te binnen schiet dat we moeten weten in verband met het onderzoek, of als je nog iets te vragen hebt, je kunt me altijd bellen.'

'Ja, dat is goed. In elk geval bedankt.' Even later verbreekt ze de verbinding. In het kort vertelt ze Thomas wat Ruud den Oudsten heeft gezegd.

'Hebben ze Tycho nog verhoord?' wil Thomas weten.

'Dat heb ik niet gevraagd. Hoezo?'

'Ik zou willen weten of hij heeft bekend.'

'Je bedoelt dat hij me die mailtjes heeft gestuurd?'

'Ja, maar vooral of hij die troep in je cola heeft gedaan.'

'Moet ik nog een keer bellen?' Chantal kijkt weifelend naar haar mobieltje.

Thomas schudt zijn hoofd. 'Nee, dat heeft geen zin. De politie mag dat toch niet vertellen. Bovendien zal Tycho toch wel alles ontkend hebben. Als ze die iPhone vinden, kunnen ze dat eerste misschien bewijzen, maar dat tweede niet meer. Als het aan mij lag, dan wist ik het wel. Met een paar middeleeuwse duimschroeven zou ik het wel uit hem krijgen.'

Chantal glimlacht even.

'Ik meen het.' Thomas staat op. 'Wat hij gedaan heeft, is gewoon poging tot moord.'

Chantal kijkt hem ontzet aan. 'Zou het echt Tycho's bedoeling zijn geweest om mij te vermoorden?'

'Dat lijkt mij wel duidelijk. Volgens de politie had je een levensgevaarlijke combinatie van drugs in je bloed.'

Zoals de laatste paar dagen wel vaker was gebeurd, komt er opeens weer een stukje van Chantals geheugen terug. Ze is in de ondergrondse gang en er worden een paar pillen in haar mond gestopt. Ook is er een stem die zegt dat ze ze door moet slikken. Het is onmiskenbaar de stem van Dylan … Onwillekeurig schudt ze haar hoofd.

'Waar denk je aan?' vraagt Thomas.

Even aarzelt ze, dan besluit ze het hem te vertellen, ook al is het slechts een flard van een herinnering.

Thomas kijkt haar een ogenblik peinzend aan. 'Daaraan kun je zien dat je toen al behoorlijk ver heen was,' zegt hij dan, 'en dat het niet iets mystieks was, wat je daar in die ondergrondse gang hebt meegemaakt. Je hallucineerde gewoon. Vandaar dat je dacht dat het Dylan was die je die pillen heeft gegeven, maar dat was waarschijnlijk iemand die alleen maar op hem leek. Het kán Dylan niet zijn geweest. Hij zou je nooit drugs hebben gegeven, dat weet ik zeker, en zeker niet drugs die je leven in gevaar zouden kunnen brengen. Ook al was hij zwaar aan de dope, hij hield wel van je.'

Er springen tranen in Chantals ogen. Dan voelt ze hoe Thomas troostend zijn armen om haar heen slaat. Als vanzelf legt ze haar hoofd tegen zijn schouder. De ruwe stof van zijn spijkerjack voelt vertrouwd aan.

'Ik ben zo blij dat je er weer bovenop bent gekomen,' gaat hij verder. 'Je bent door het oog van de naald gegaan. In die ambulance dacht ik echt even dat ik je zou verliezen. Die broeder ...' Zijn stem begeeft het opeens.

Op dat moment dringt het pas goed tot Chantal door dat Thomas veel meer voor haar voelt dan vriendschap alleen. Als ze haar hoofd naar achteren buigt om hem aan te kunnen kijken, ziet ze het ook aan zijn ogen. Het verwart haar en tegelijk maakt het haar blij. Een beetje verlegen neemt ze zijn gezicht in haar handen. 'Maar ik ben er gelukkig nog,' zegt ze zacht.

Als vanzelf vinden hun lippen elkaar.

Chantal sluit haar ogen en voor het eerst in maanden ervaart ze weer iets dat ze lange tijd heeft gemist: een intens gevoel van geluk.

Een hele tijd staan ze zo met de armen om elkaar heen.

'Chantal!' De stem van haar moeder verbreekt opeens de stilte.

Chantal zucht en opent de deur van haar kamer. 'Wat is er?' roept ze terug.

'Ik ga broodjes in de oven doen. Eet Thomas ook mee?'

Chantal kijkt vragend over haar schouder.

Thomas schudt zijn hoofd.

'Nee, mam!' roept ze terug. 'Waarom niet?' vraagt ze als ze de deur weer gesloten heeft.

'Omdat ik bij Kevin zou lunchen. Ik zou een paar nummers met hem doornemen die vorige week niet zo lekker liepen. Dan gaat het vanmiddag hopelijk wat beter.'

'Vanmiddag?' Chantal probeert de teleurstelling in haar stem te verbergen. 'Moet je vanmiddag oefenen met de band?'

'Ja. Ik wilde juist vragen of je ook kwam.'

Chantal zegt niets. De band ... Ze was veel liever samen met Thomas ergens heen gegaan.

'Je bent al zo lang niet geweest,' vervolgt hij. 'We hebben je allemaal gemist.'

'Jij ook?'

'Ja, wat dacht je?' Hij buigt zich naar haar over en kust haar opnieuw. 'Daarom hoop ik dat je komt. Je hoeft nog niet mee te doen als je dat niet wilt.'

'Ik zie wel,' zegt ze alleen.

'Dus je komt?'

Ze knikt.

Thomas neemt haar opnieuw in zijn armen. 'En morgen?' vraagt hij. 'Zullen we dan naar het strand gaan? Het wordt niet echt zonnig, maar er is weinig wind, dus heel geschikt voor een lange strandwandeling.'

'Ja, leuk.' Chantal legt haar hoofd tegen zijn schouder. Ze heeft weer iets om naar uit te kijken.


Als ze Thomas heeft uitgelaten en nog even naar haar kamer gaat, is het of ze op wolken loopt. Zijn geur hangt nog steeds om haar heen en ze proeft weer de smaak van zijn lippen. Het maakt dat ze zich vaag schuldig voelt, alsof ze Dylan heeft verraden. Daarom gaat ze achter haar computer zitten en als vanzelf opent ze het laatste mailtje. Ze leest het nog een keer over. Zou Tycho dit echt hebben geschreven, of is het toch iemand anders?

Opeens krijgt ze een inval. Wat zou er gebeuren als ze nog één keer terugmailt?

Als ze antwoord krijgt, dan kan het Tycho in elk geval niet zijn. Volgens de politie had hij de iPhone niet bij zich en bovendien was hij gearresteerd en zat hij waarschijnlijk ergens in een cel.

Maar de kans is groter dat ze géén antwoord krijgt. En dan kan het Tycho wél zijn. Als hij het toestel ergens in de discotheek heeft verstopt, dan gaat het natuurlijk over als haar mailtje binnenkomt. Niemand zal het horen, tenzij de politie daar net bezig is om de boel te doorzoeken. Zou zo'n agent dan terugmailen? Vermoedelijk niet. Maar dan is het toestel tenminste wel gevonden. Misschien kunnen ze dan via vingerafdrukken of DNA achterhalen wie haar heeft gestalkt.

Ze denkt even na voordat ze begint te tikken.

*Waarom moest ik eigenlijk naar Club Taenarum komen? Als je me zo graag wilde zien, waarom was je er dan niet? Maar misschien ben je te laf om je bekend te maken en heb je me stiekem bespied. Ik wil dat je ophoudt met dat soort kat-en-muisspelletjes. En wat weet jij van die rotzooi die in mijn cola is gedaan? Zat jij daar soms ook achter?*

*Ik was bijna dood geweest! Maar ik heb de politie nu alles verteld. Je zult je straf niet ontlopen!*

Voordat ze zich kan bedenken verstuurt ze het bericht. Voor de zekerheid controleert ze nog even of het echt is verzonden. Het is weg. Gespannen wacht ze af. Ergens in de discotheek moet uit Dylans iPhone nu het melodietje klinken ten teken dat er mail is. Ze stelt zich voor hoe een politieman het geluid hoort, maar niet weet waar het vandaan komt. Zoekend kijkt hij om zich heen. Het komt van achter de bar. Hij buigt zich eroverheen en wacht tot het melodietje zich herhaalt. Het volgende ogenblik …

Chantals hart slaat een slag over als beneden de telefoon gaat. Het duurt even voordat er wordt opgenomen. Dan hoort ze haar moeder praten, alleen kan ze niet verstaan wat er gezegd wordt. Zou het de politie zijn die de iPhone heeft gevonden? Ze wil net opstaan om bij de trap te gaan luisteren als het bekende signaaltje klinkt dat ze mail heeft. Tegelijk ziet ze het bericht binnenkomen. Het is weer vanaf Dylans e-mailadres verzonden.

Met ingehouden adem staart ze een tijdje naar het scherm. Dan opent ze het bericht en begint te lezen.

*Liefste,*

*Ik was er wel! En we hebben elkaar gezien ook! Dat herinner je je toch nog wel? Of hebben de drugs die ze je boven hebben gegeven dat allemaal uitgewist? Ik zweer je dat ik daar niets mee te maken heb. Wel heb ik je een paar xtc-pillen moeten geven, anders was je niet boven gekomen. Maar van die twee pilletjes kan je niet zo ziek zijn geworden. Het moet zijn gekomen door de combinatie met het spul dat je boven hebt gekregen, maar dat maakt niet dat ik me minder schuldig voel. Vergeef me alsjeblieft. Als ik had voorzien dat je in het ziekenhuis terecht zou komen, dan had ik je nooit gevraagd om naar de discotheek te komen.*

*Ik had zo gehoopt dat jij me uit de onderwereld kon verlossen, maar ik begrijp dat ik mijn kans daarop nu wel heb verspeeld. Daarom moet ik je loslaten. Dit is dus mijn laatste bericht aan jou. Ga verder met je leven en kijk niet meer om.*
*Ik wens je alle geluk, mijn liefste.*

*Voor eeuwig de jouwe,*

*Dylan*

Met lege ogen staart Chantal naar dat laatste regeltje. *Voor eeuwig de jouwe …* Zoiets kan alleen Dylan maar bedenken. Ze schudt haar hoofd. Hij kan het niet zijn, ook al staat er honderd keer zijn e-mailadres boven. Maar wie heeft het dan geschreven? In elk geval weet ze nu dat het Tycho niet kan zijn. Ze leest het bericht opnieuw. Dan pas dringt de betekenis van de woorden tot haar door. Er loopt een koude rilling over haar rug. Is het dan toch Dylan die contact met haar zoekt? Als ze het nog een keer wil lezen, verblinden tranen haar ogen.

Opeens heeft ze er genoeg van. Wie het ook is, ze wil het niet weten. Ze laat zich niet meer van de wijs brengen. Zonder verder nog na te denken, klikt ze het mailtje naar de prullenbak. Een ogenblik weifelt ze nog, dan leegt ze die ook.

Net wil ze het mailprogramma afsluiten, als ze zich de raad van Roos herinnert. Ze selecteert een oud mailtje van Dylan en begint vastberaden te zoeken. Even later heeft ze het gevonden: *afzender toevoegen aan de lijst met geblokkeerde afzenders*. Dan pakt ze haar mobiel. Thomas heeft haar uitgelegd hoe ze Dylans e-mailadres op de blacklist moet plaatsen.

Als ze een paar minuten later naar beneden gaat, slaakt ze een zucht van opluchting. Dit had ze veel eerder moeten doen.

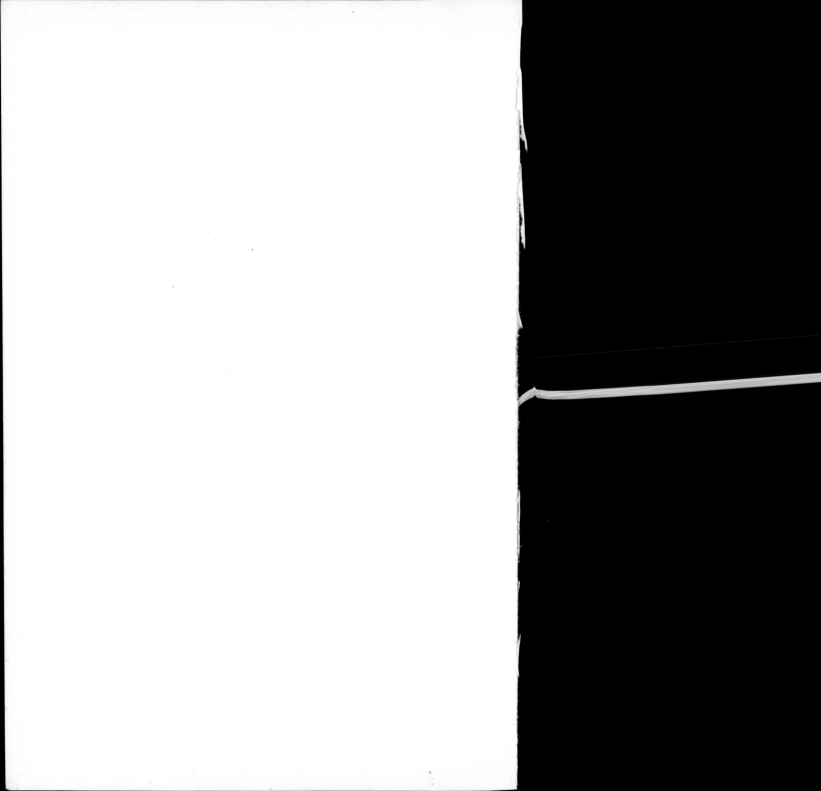

'Nee! Als ik in Athene was gebleven, zou ik altijd een slechte koning zijn geweest. Nu ben ik een volmaakte eenzame. Ik heb de zee ontdekt en hoor de wind praten met de meeuwen. Hij vertelt ze grappige verhalen, want ze lachen krijsend. In Athene zou ik de massa in de straten zien deinen, de stemmen horen van vleiers en samenzweerders. Toen ik hier kwam, spookten duizend angsten door mijn hoofd. Nu niet meer. Ik ben rustig, tevreden omdat ik niet meer bang hoef te zijn.'

'Theseus! Je vergeet hoe dapper je was, hoe je de Minotaurus...'

De eigenlijke brief bestond uit zeven woorden, gekrabbeld onder een gedicht dat de titel 'Oase' droeg: En toch hou ik nog van je.

Bjorn begreep het niet. Hij viel op bed, tastte naar de beer, zijn beer, de beer uit zijn kindertijd, en drukte die tegen zich aan. Hij krulde zich op en huilde.

voelde wat ik heb gevoeld. Ik heb dat gedicht nog eens herlezen. Ik vind het nog altijd mooi, heel mooi. Ook leugens kunnen mooi zijn, maar meestal doen ze pijn. Vreselijk pijn. Dag, Bjorn, ik zal nog vaak aan je denken.'

'Doe dat. En succes, Elke. Ik meen het.'

'Dat geloof ik niet, maar toch bedankt.'

In de post van de volgende dag zaten twee brieven. Een korte van Gert Vanderhaeghen.

*Bjorn jongen,*

*Geloof me voor één keer. Je kunt het leven niet kneden naar jouw wensen. Het leven kneedt jou wel. Ik hoop dat deze pijnlijke ervaring je een begin van een goede vorm geeft. Mijn vader heeft ongelijk als hij je geestelijk blijft dwingen om de beste te zijn. Hij heeft het met mij geprobeerd en ik ben vreselijk ongelukkig geworden. Sommige mensen moeten tevreden zijn als ze gewoon goed zijn, dat is al beter dan de meeste anderen. Laat hem je leven niet verknoeien. Als je wilt praten, mijn deur staat voor je open.*

*Pa*

Verder was er een brief van Gael. Het was een bladzijde uit de tekst van zijn verhaal, waarin zij op haar beurt met een markeerstift enkele dingen had aangestreept.

<u>*Dan wist ze dat in haar meisjeslichaam een vrouw woonde.*</u>
  *Ze deelde de bekers rond. De stemmen zoemden door elkaar. Toen viel het woord 'koning' opnieuw.*
  '<u>*Het domste wat je ooit hebt gedaan, is zo overhaast en zonder weerstand te bieden*</u> *uit Athene* <u>*weggaan.*</u>'
  '*Als je was gebleven, was je nog altijd koning.*'
  '*En het is nog niet te laat!* <u>*Je kunt nog terugkomen.*</u> *Athene wacht op je. De stad is stuurloos als een schip in de storm.*'
  *De stemmen klonken smekend. De mannen waren radeloos. Phoebe bleef aarzelend staan.*

'Opa, alsjeblieft!'

'Je was op de goede weg, meer niet.'

Bjorn bewoog niet.

'Je liet me zelfs sterven omdat het je goed uitkwam. Je had de af-scheidstekst voor me al klaar.'

'Sorry, opa.'

'Snap je dan niet hoe sterk dat is! Ik ben de noodzakelijke last op je schouders geweest, de zweep over je flanken die je liet draven. Je wilde me kwijt omdat je dacht dat je het alleen kon. En dat vind ik schitterend! Daarvoor wil ik op tafel applaudisseren! Maar doe dan geen idiote dingen, zorg ervoor dat je de situatie beheerst, echt be-heerst. Voor je dát kunt, wil ik je niet meer zien. Eruit!'

Thuis voelde Bjorn meteen dat ook mama wist wat er gebeurd was. Alleen, ze praatte er niet over. Ze wist niet hoe ze met de ontgooche-ling om moest gaan.

Hij liet zich voor de televisie in een stoel vallen, zocht de zender waar opa de reportage over Londen had gezien en drukte op de tele-teksttoets. De groene lettertjes op het zwarte scherm leken hem uit te lachen.

Tussen de Franse, Deense, Duitse, Italiaanse en Spaanse namen stonden twee bekende namen. Gael McGregor als Ariadne. En Elke Storme...

Hij drukte op het knopje en slingerde de afstandsbediening door de kamer.

De telefoon rinkelde.

'Bjorn. Met wie?'

Elke aan de lijn. Wilde ze zout in de wonde strooien?

'Ik ben dolblij, Bjorn. Vooral omdat ik Hubris mag spelen, en Par-menides. Ik zal je een kaartje sturen.'

'Dank je.'

Bjorn slaagde erin zijn stem in bedwang te houden.

'Kom je ook kijken? Ik stuur je kaartjes voor de première.'

'Dank je.'

Het bleef even stil. Bjorn kon niet meer ademen. Toen kuchte Elke.

'Sorry, Bjorn, ik meen het niet. Ik had dit niet moeten doen. Het is gewoon wraak nemen. En zo ben ik niet echt. Maar ik wou dat je

'Wat is er gebeurd?'

Bjorn had tranen in zijn ogen. Het beeld van zijn grootvader was wazig, alsof hij de strenge oude man door matglas bekeek.

'Ik heb de tekst van het rapport dat naar Londen ging, willen veranderen.'

'Waarom "willen"?'

'Er stond een hoop onzin in, de lerares wilde wraak nemen en de dochter van de directeur van het instituut in Londen speelde met haar onder één hoedje. Ze moest spioneren. Ze heeft me laten verstaan dat haar vader wilde dat een van zijn eigen leerlingen de hoofdrol kreeg.'

Bjorn ratelde de leugen eruit.

'Dat was niet mijn vraag. Waarom *wilde* je het alleen maar veranderen? Waarom *heb* je het niet gedaan?'

Bjorn hapte naar adem.

'Ik heb het gedaan, maar het liep fout. Nee, ik heb het niet zelf gedaan, het was Sil. Ze deed iets ongelooflijk stoms.'

'Nee, de ongelooflijk stomme idioot ben jij! Als je iets doet, moet je ervoor zorgen dat er niets fout kan gaan. Ooit gehoord van de wet van Murphy?'

Bjorn schudde zijn hoofd.

'Die zegt dat alles wat kan fout kan gaan ook fout zal gaan. Ik vind dat een heel optimistische uitspraak. Ook dingen waarvan je denkt dat ze niet mis kunnen gaan, lopen fout. Ik dacht dat ik je dat al meer dan genoeg had gezegd?'

Bjorn knikte.

'Je bent pas de beste als niemand je voorbijkomt, niet als je denkt dat je de beste bent. Ik wil je niet meer zien, jongeman. Hoepel op, je bent een mislukkeling, net als je vader. Ik heb een tijdje gehoopt dat je anders was, dat ik je naar mijn hand kon zetten. Ik heb me vergist. Verdwijn.'

'Opa!'

De oude man pakte een boek en begon te lezen. Bjorn bestond niet meer voor hem.

'Ik deed het voor jou, opa!'

'Dan deed je het voor de foute persoon. Je doet zoiets voor jezelf. Eruit.'